爱就是我们一桌两人三餐四季

赵若涵 著

江苏凤凰文艺出版社
JIANGSU PHOENIX LITERATURE AND ART PUBLISHING, LTD

目——录

Chapter one

爱了就会活过来

辑一：心疼你的人

辑二：爱的排除法

辑三：爱，亦苦

Chapter two

爱了就会活过来

辑一：我如果爱

辑二：往事不回首，你也别回头

辑三：可惜，你我中间人来人往

自序

令我自己都感到惊讶的是，编辑通知我写序时，离我着笔这本书竟然时隔三年之久。我也已然进入了逼自己每一秒都不错过的状态，正如火如荼地写下一本书。

为了能写得出三年前的心情，我开始强迫自己启动回忆模式……

细细想来，机缘巧合应该是促使我写就本书的唯一原因。

作为一名文字工作者，我接触、熟识、结交了许多女性读者与朋友，其中有一部分幸福无忧、爱情甜蜜、家庭美满、手足情浓，也有一部分有着难以向外人诉说的苦楚、惨境，甚至最终离开人世者亦有之。

无论悲喜，她们都试图说服朋友，带着疑问来向我咨询个中心结。经过一段时间的倾听与交流，我发现了许多有共性的话题，索性以文代言，给出女性朋友一些中肯的提醒与感悟，希望她们通过我的文字而有所借鉴，少走弯路。尤其是涉世未深的年轻女子，容易陷入情感的漩涡而无法自拔，待年龄稍长时回头再看自己曾经的做法，心生悔意，却为时晚矣。甚或因一时冲动而择错人，又间接使子女未能幸福快乐地成长，内疚之意重如石，恨不能将自己的人生之路重写。力挽狂揽实乃上策，却又有因胆怯而无法面对举步维艰的时运之人。

身为女性主义作者，我非常希望通过自己的文字唤醒读者理性地看待爱情，积极阳光、坚强独立地面对生活与工作中的艰难困苦，放下迟疑与忧虑，迈开自信的脚步，绽放出灿烂的笑容，迎接命运的挑战，拥抱奇幻美妙的未来。

这是一四年本书完成时的一个小小总结。

如上所述，彼时的我，在极其密集的时间里，回答了不同年龄段的女性朋友（也有为数不少的男性朋友）的诸多疑问与困惑。在不停地聆听、分析与回复后增进了自己对人生与爱情的思考，也更想将所有共性话题写成随笔以借鉴正走在来路上的行者。这些文字里的故事是一些生活得理想或不理想的人们的过去、幸福或不幸的人们的经历。你可以把它们作为借鉴，也可以保留自己的看法而仅仅多一个角度去看问题。

每个人的爱都有不同的角度和方式，若要赢得幸福，徒有向善、美好的爱意是远远不够的，爱需要理解、包容、原谅、迁就，甚至忍耐与牺牲，但不需要委屈、将就、自虐、相残，甚至暴力与胁迫。

我们都一样，不走过那条荆棘密布的路，便不知道自己的鞋子还不够坚牢，不足以护住我们幼嫩的双脚；未尝过爱情与婚姻的苦与痛，我们永远都以为王子与公主的完美结局是唯一。

爱是一道多项选择题，每个人的答案都不一样。 唯有一点是相同的——没有谁不需要爱。

这世上父母大多要早于我们离开，子女也有自己的学习、工作与生活重心，能陪伴我们最多的，永远是爱人，即使聚少离多。

所以，请你一定要相信爱情，倾力去爱！用我们的智慧做一个优质女人，为自己赢取一份稳定的感情，拥有一生的幸福。

好期待这样一个画面：

若干年后，夕阳暮年。乍暖还寒的寂静清晨中，我和心爱的人喝下酸甜参半的蜂蜜柠檬水，暖暖相视，静守安宁，如初见。

因为上帝随时召唤我们去天堂，所以，每一次拥抱，我们都用力依偎，给彼此最美最暖的吻；每一日早餐，我们都精心进食，给彼此最有神采的笑；每一段旅行，我们都牵手相携，给彼此最为贴心的照顾；每一个夜晚，我们都相拥入眠，给彼此或许是今生最后一次的拥抱。

我们用余日无多的暮年，用力去爱。

这世上大多凡人，要过有人间烟火的生活。

爱就是我们一桌两人三餐四季，一起过实实在在、平淡又有味的日子。

赵君涵

Chapter one

爱了就会活过来

辑一：心疼你的人

心疼你的人

F小姐性格很开朗，也耐不住寂寞。她从读大学开始，便没有间断地谈了十几次恋爱。

每一次，她都不太满意，但也会陷在爱里。直到最后爱得精疲力尽，不得不放手。

她突发了一场大病，住进了医院。

神志不清的她，不再耐不住寂寞，只求上帝让她平安渡过难关。

十几日的医院患者生活险象迭生，也让她看到了男友的自私与急躁。她明白了，如果要选择一起生活的伴儿，他长相怎样不是很重要，他学历多高不是很重要，他银行里的存款是否多到哪位数字不是很重要，他真正地心疼你才最重要。

哪怕只是一口粥，心疼你的人会在你住院或生病时像爸爸妈妈小时候喂养我们长大一样，一再劝你把它喝下，你少喝一口他都不许。

不心疼你的人随你喝多少都可以，那不是随和，是你在他心里很轻，没有爱你到疼在心里的份上。

生过这场病后，F小姐也变得成熟起来。

她再也没有因为寂寞而去爱。她明白，只能共欢而不能同苦的人，不会给她未来。

她开朗懂事，很会疼人，她也更要有个心疼她的人。

不经历一些生活的小插曲或变故，我们又有多少人能明白这些呢？

要选择一个心疼你的人，对你善良的、菩萨心肠的人，这一点比什么都重要。

有了他，你的心里永远是暖的，无论世事风霜、沧桑变故，他都会陪你一起走过，直到生命的尽头。

心很帅

L小姐的历任男友都很帅，每次分手，她都忘不了他们帅帅的样子。

她的初恋男朋友是忧郁型的帅男孩，她初中的同班同学，一个音乐发烧友。每次看他随自创乐队打架子鼓，她都激动得不能自已，忍不住用单反按下无数快门，无论是正面、侧面、背面、远镜头、近镜头、旋转镜头、特写镜头。她几乎是他青春岁月的记录者。

当分手在即，这些照片便成了她闺房里的灾。

思念，被她挂在墙上，镶在相框中，画到油画里。

她怎么忍心将照片丢掉？他那么帅，她已经失去了他对自己的爱，如果再看不到他那迷人的眼神、清秀的面庞，她会疯掉。

所以，她如数家珍般小心收藏着那些照片，当做岁月留给她的厚礼。虽然，那只是心理安慰而已。

或许是曾经沧海难为水的缘故，她之后的男友无一不是超级帅哥。

甚至，她宁愿不为人所爱，也一定要那个人帅帅的。

她心有余悸，那个抛下她爱上别人的初恋男友太帅了，她已经适应不了相貌平平的人。

可是，她渐渐长大，不再是小女孩。

她发现爸爸对妈妈的爱那么深，而妈妈每一天都过得幸福极了。

她很小的时候，妈妈就告诉她，将来要嫁给一个像爸爸一样的人，心疼她，爱护她，不让她受一点点委屈。

居然过了这么多年，她才想起这些话。

她打开柜子，将封存的照片一一理好，丢到了大厦的垃圾箱。

那些曾经出现在她青春记忆里的人，只是来路上的一个个足印。

或许他们是肤浅的，却让她变得深沉。

她从此不再需要一个仅仅长得帅的人。

他的心很帅就好。

闪婚

S小姐去澳洲留学半年，突然传来闪婚的消息。

众友惊讶之余，更欣喜地送上祝福。因为，她怀上宝宝了。

新郎的样貌十分憨厚，他们看起来幸福极了。

大家不禁想起她之前的那段恋情，是一份苦恋。而且，她只是配角，因为那个外国男朋友是有正牌女友的，她只是他在中国的女朋友，酸楚自不必说。

姑且不提及她之前的几段失败恋情了，只说这次。

三年的苦恋，换来的是男友离开中国后的惆怅，她的心唯有暗自滴血。

或许赴澳洲留学是上帝为她安排的疗伤旅程，令她的世界从此豁然开朗。

刚刚到达悉尼的时候，光是租房、购置家具、日用品已经将她累到后悔赴澳，幸好之后的上课、勤工俭学都不算艰难。无论如何，她是换了一个新的环境，之前的伤痛暂时不再发挥折磨她的作用。

她和先生是在一次朋友的餐会上认识的，久居澳洲的先生年长她八岁，是个薪水颇丰的注册会计师，对她疼爱有加。

远离祖国与父母，又刚刚结束一段苦不堪言的恋情，她会拒绝一个诚挚男子的温情吗？

他们交往了两个月时，经医生诊断，确认她怀孕。先生当即向她求婚，可谓双喜临门。她也喜极而泣，个中辛酸，又怎能与人诉？

而今，他们的宝宝已经一个半月大，是个十足壮硕的可爱男婴。

她的先生每晚起床给宝宝换尿裤，绝对是个称职奶爸。

闪婚，未必伴随着闪离这个令人畏惧的字眼。

当你阅尽千帆，那个对的人又恰好出现，为什么不可以闪婚呢？

遇到不对的人，相爱十数载，依旧难逃陌路。

遇到对的人，何须用时间去考验？

倒不如，留下多一些的时间，与他温情相守。

安心

K小姐正在犹豫着和男友J分手时，在某次活动中与男子M不期而遇。

她和男友相识近五年，几乎成为亲人。在工作、生活上，J都对她关心备至。她认识他的每个亲戚、朋友，还有他比较要好的同学，她完全融入了他的生活与人际圈，没有什么事令她担心男友对她的爱和忠诚。甚至有一次，男友不小心把手机里很重要的工作约定短信删掉后，带她一起去打短信水单，并交给她保管。女友知道后，好生羡慕她。

但她总觉得这种一成不变的生活令她看不到更奇妙的未来，她很期待遇上一个有趣的人，让生活顿时变得有生机。

在一次朋友公司的鸡尾酒会上，她结识了男子M。

帅帅的发型、神秘的眼神、雕像一样的五官，是她对M的印象。当他用带着磁性的嗓音和她绅士地聊天，K小姐顿时无法判断自己是否遇上了怀特先生。

M是个很有个性的男子，每日都会在网络上和她热情地打招呼，但一周只见她一次，而她每次都是兴奋不已地和他去吃饭，分开后又无比凄凉，因为她确定不了M是否还有女朋友、情人，他会和她说I love you，但她看不到他的行动里有爱的成分。却恰恰相反，M令她操碎了心。

M很有情趣，爱好广泛。他告诉K小姐去潜水，说回来和她讲有趣的事。而直至晚间K小姐也未再收到他的消息。她开始茶饭不思，担心他的安危。她笑自己好像是单相思，这种感觉很痛苦。而她又不是M的女朋友，哪里方便给他打电话？只能苦等，手头的工作方案也写不下去了。第二日十时多，他发短信说自己凌晨五六点才到家，她那颗悬着的心总算放下。

类似如旅行、应酬、出差之类的情况，她没有一次不为他担心，他却浑然不知。他看似很有趣，但却让她无法安心。最后，她不再和他联络。

她继续和男友J一如既往地相处。

M的出现，让她没有错失一个良伴，一个让她过得安心的人。

最美的笑容

一对优秀男女，爱到荼蘼，彼此眼中都把对方神话。

只因一次约会，两人产生误解。

平静的女子并未嗔怪男子的恶言，一忍再忍。

可是，男子克制已久的坏脾气最终有了喘息的机会，连指人说话的动作都统统送给了她。

他句句不让，她独望风景。

她背对他无声流泪，他一路尾随。

后来他承认了自己的不是，看似风平浪静。

她是发自内心爱他的，就算前提是他很爱她，那也需要他有她爱得起来的地方，有外在，有内在，还有一种感觉，他都有。

她很难深深地爱上一个人，她感激他的出现，感恩上帝给了她和他在一起时的美好时光。

只有他的坏脾气让她惊鸿未定，但她依旧爱他。

因为爱他，她希望他快乐，现在快乐，将来也一样。

因为爱他，她面对他的依旧是含笑的那张脸。

他永远不知道那是需要多么深情的爱，才会给予他这份厚礼。

他或许不明白，有风度的爱人才会送给他最美的笑容，那是爱的馈赠。

倾力去爱

L先生与太太离婚了，他的理由很简单：他们已经没有爱了。

太太很平静，依旧生活开心而有情调。

太太生第一个小孩时出了意外，流血不止，第二日才输血补充，自此身体比较弱，之后便辞工在家相夫教子。

她说我已经不再有从前职业女性的魅力了，先生要离婚，我也没有不愿意，两个孩子他总还是要回来看的。

而L先生的生活却一塌糊涂。

早晨，他一觉醒来已经十点。去到公司，所有员工都在等他开会，他尴尬极了。从前都是太太为他定好闹钟，早上也会做好早饭叫他起床去吃。

他的胃会经常痛得让他不得不停下手头的工作，从前太太都会亲自把药片放到他嘴里去，中午则会打来电话叮嘱他别忘记吃药。

晚上回到住处，打开洗澡间，想想又要站着刷牙洗脸，原本已经累了一天的身体实在不听使唤，他索性倒在沙发上睡了一晚，和衣而眠。从前都是太太替他放好凉水，待他一进家门，便兑上热水，再把牙膏挤到牙刷上，让他在浴缸里边泡澡边刷牙，双腿可以完全放松地休息，不必硬撑着站立刷牙。太太还会找好要换的内裤摆在浴柜上，一切准备就绪后，喊他进去洗澡。若是冬天，待他出来进被窝，一股热气会将他暖透，那是太太用电吹风将被窝吹热的。

他自己做的早餐吃得一点也不香，没有太太帮他擦嘴角，好像是没有食欲一般，他从此不再吃早餐。

他去找太太复婚，太太看看他。

早上没有你帮我把鞋子吹热，出门时我感冒了。那天开会大家看我的眼神怪怪的，后来我发现衣领没挽下来，这些以前都是你替我弄好的。

太太只是笑笑。

后来他们复婚了。

L太太告诉我，和先生离婚时，她就知道他们会复婚。

倾力去爱，他会永远依赖。

爸爸床上的饭桌

妈妈和我说房间里少了一样东西。

家里的短腿饭桌。

那是从前住平房的时候坐着板凳吃饭时用的，妈妈这么多年不舍得扔掉，只是为留一份对旧时生活的回忆。

我正在纳闷时，妈妈找到了它。居然是在爸爸卧室的床上发现的。

我和妈妈笑了起来，没有多想。

第二日，妈妈像讲故事一样地向我“汇报”。

原来爸爸到达出差的城市后给妈妈电话，一再叮嘱她在家中注意安全，他怕妈妈一个人不小心撞到桌角，或擦地板时一蹲一起，突然脑供血不足时碰到桌角，左思右想后，最终把饭桌搬到了自己卧室的床上。他认为那里最安全，因为妈妈是绝对不会在床上擦地板的。

妈妈自顾自地说，我听了却湿了眼眶。不由想起了爸爸吃饭的习惯。

别人家里都是全家围桌而坐地共进晚餐，而我自有记忆起，便是爸爸最后一个吃饭，而按照他的规定，我和妈妈必须先吃饭。即使我成年后每每把他架到桌边，他也只是乐呵呵地给我和妈妈夹肉夹菜，看着我俩吃，自己只夹点儿凉菜尝尝。等我们实在无奈地吃过之后，爸爸便像清洁工一样地最后“扫尾”。结果是，家里总有一些剩菜。因为，怕爸爸不够吃，我和妈妈要给他多留，而爸爸也没全吃完，最终就是剩菜一桌。但我和妈妈对爸爸的这个习惯从未有过异议。

每个人的表达方式，并不相同。

爱，需要我们用心体会。

如影随形

爱情里，最惆怅不过于，你想见他，却各自天涯。

D小姐的男朋友L要因公出差赴美研修三个月。

同行的几位同事欣喜地和家人说起这一好消息。而男友L却心情沉重地电话给D小姐相约共进晚餐。

每次见到D小姐时都笑容满面的L神情凝重，尽管是并不寒冷的初秋，二人吃的又是热气腾腾的羊肉火锅，亦未见他展开紧锁的双眉。

L不停用公筷夹涮好的肉菜给D，自己却没吃几口，几杯啤酒喝下，他告诉D实情。

D小姐的眼泪立刻倾泻而出。

她回想和L相识一年来的快乐时光，不由得泣不成声。似乎，他这一走，他们便会诀别。

那个年代手机上用不了QQ，没有微信，只有电话。

L说，我会每天给你电话，不要哭。我也不想走。

可是我想看着你，让你牵着我的手，揽着我的双臂，有时，还想让你抱抱我，在我耳边窃窃私语。

亲爱的，我们永远都在一起，不会分开。L激动地看着D。

D早已泪眼模糊，哪里听得进去？

临行前的晚上，烛光晚餐后，L带D来到了一片无人的海边。

伴着微咸的海风，他轻抚D的长发，给她讲格林童话故事，仿佛她是一个小女生。

讲着讲着，D睡着了。

当她被闹铃吵醒，已是翌日清晨。她从软软的被中伸出无力的小手，揉揉惺忪的睡眼，突然感觉到凉凉滑滑的东西在指间。手腕上还有一条亮亮的物什在滑动，颈项间、耳际都有。

她眼角再次有晶莹的东西流下。

有一种陪伴，如影随形。

那是绕指的温柔，挽臂的深情、拥入怀抱的暖意和耳边窃语的你侬我侬。

有一种幸福是被尊重

女子H曾失婚，聊起往事，如同讲述别人的故事般淡然。

以往，我为我儿子的爸爸无论做了什么，他都觉得理所当然，从来没有一丝一毫的开心、认可与夸赞。

儿子小的时候几乎都是我自己带的，白天忙生意，家里有阿姨照顾。晚上就是我自己了，他每天都是应酬、KTV、打麻将，回来都两三点了。我劝他多陪陪儿子，他却说谁家的男人都是这样的。

最后他跟别的女人走了。

离婚后，有男性朋友带着调侃的语气安慰我："你没法和年轻漂亮的女孩子拼啊！现在的成功男人都想娶二十几岁大学刚毕业的女孩子，那样才有面子，三十多岁的女人没人找的，更不要说你还带着个孩子，谁愿意平白无故帮你养孩子？大家都很现实的。"

听起来好像离了婚带着孩子的女人只有死路一条。

真的是高手杀人，滴血不见。

后来她遇到了现在的先生C，一个小她四岁的瑞典人。

二人逐渐熟悉后，C得知她失婚后独自抚养小孩，十分兴奋地说："你还有儿子啊？那你一定很会带小朋友，也很会照顾人。如果我们一起生活，一定会很幸福啊！"

H既惊讶又感慨，曾被好友"善意"同情与劝慰的自己在这位帅气倜傥的高大男人眼中却视若珍宝。

她打扫布置好房间，C会赞扬她勤劳能干。

她试穿商场里的服装，C会兴奋地笑起来，一定要为H买走，连连说H真美。

他们一家三口去超市选食材，C一定先问儿子要吃什么，再问H想吃什么，从未遗忘。

她做好可口的饭菜，C会笑着吃到撑，发自内心地赞美妻子的厨艺。

儿子的功课，H完全不懂，因为都是瑞典语，辅导全由C来做，数学、化学、物理，C一一耐心辅导，从没让H为儿子的学习着急过。

C带儿子登山、远游、整理菜园，教他安装家具，虽然与H在一起前没有结过婚，却是儿子心中的好爸爸，令孩子体会到温暖的父爱，H心中无比欣慰。

H的先生十分感激她的前夫，说是“他的离开，让我遇到了这么好的你”。

有一种幸福是被尊重。

浪漫的爱人

每个女子的生活轨迹里，都会有一些追求者。他们或浪漫，或痴情，或强势，或胆怯，或热情满溢，或凄伤诗意。

留在我们记忆深处的，少不了那些浪漫的爱人。

某女的初恋男友就很浪漫，所以至今她都常常念起他。

她人在异地，他打来电话，说了无数想念的话。然后，便没了声音。

令她惊喜的是，话筒里传来他弹奏的悠扬清脆的钢琴曲——《海边的阿狄丽娜》。

当时正值北方风雪割面的严冬，忍着身体不适硬挺的她不由地落下激动的泪。

然后，又是《秋日的私语》《命运》，一曲接一曲。最后，她在优美的钢琴曲中睡着了。翌日早上醒来，落在枕边的手机已没了电源。而她脑海里依旧回响着昨夜的曲调。

他怕自己赴美研修期间她会孤独，趁他们在海边散步停下后给听他讲童话故事睡着的她戴上了最贴心的戒指、手链、耳饰、项链。

他之前说他们永远都在一起，第二天早晨醒来后，她才明白他的话。是啊！有了它们，宛如他轻牵她的手，温柔地挽着她的手臂，亲切地拥她入怀，与她耳边私语，那他们又怎么会分开呢？

女友说她最难忘的爱人是一个文学爱好者。每早醒时，她读着他写给自己的美丽抒情的诗便幸福地开始了新的一天。那段时光，令她难以忘怀。

日本有个男子，为给自己深爱的未婚妻一份不同寻常的结婚礼物而专程去了盛产宝石的孟加拉国。

经过种种艰辛，挖到了一颗晶莹剔透的钻石，将其打磨配制好，在他们的婚礼上替新娘戴在了指间。

新娘看着VCR短片中记录新郎采挖钻石的一幕幕，感动得落泪，用她戴着洁白婚纱手套的手为新郎拭去了为挖掘钻石而在热带被晒得黝黑的额际上的汗珠，在场的宾朋无不为之动容。

营造浪漫，是一个内心美好的爱人心甘情愿为你做的事。而且乐此不疲，甘之如饴。

浪漫的爱人，十分懂得悦人悦己。

勇敢去爱

记得去年一个女友来电话，说她和交往了半个月的男朋友关系稳定。

他们结识于互联网，女友已经四十几岁，相貌看起来并不显年轻。男朋友长她五岁，身家丰厚，素质高，修养好，离婚十几年一直单身。因为被年少十岁的前妻伤透了心，择偶心态很平淡。

她说，男朋友的择偶原则有两点：

第一，年龄相仿；第二，能生育。

因为男友前妻当时年轻，爱玩，也不想给他生宝宝，离婚后似乎也没有再婚，一直在玩，男友认为年轻的女子心还是不定的，没有可以白头到老的安全感，还是不如年龄相仿的女子让他感到踏实。他既希望找到一个牵手后半生的伴儿，又想了却没有子女的遗憾，就为自己定下了上边这两条原则。

听起来，女友是符合这两条的。

除此之外，她既不是女子中出类拔萃的精英，也不是碌碌无为的庸俗之辈。她宽厚大方，性格随和，我和她在一起时也觉得很舒服，没有压力。

如若有男子希望用妻子的外貌替自己加分，或许她并不是最佳人选。但是，若要寻一个最平实舒心的生活伴侣，她一定是对的人。

而作为当事者，女友着实勇敢。她相信男友对她的爱，毫不犹豫地和他在一起了。换作别的平凡女子，或许会怀疑条件这样优越的男子非妙龄靓女不娶，哪里会信心十足地相信对方喜欢自己？

时隔近九个月，我又收到她即将和男友结婚的喜讯，着实为她高兴。她还加了一句，我们俩说好不要生小孩了，他怕我太累，说我们俩要照顾好彼此，一起白头到老。

很多人以为，金钱是男子玩弄感情的有力武器。却不知道，拥有财富也是男子惧怕错选佳偶的软肋。

相信爱，勇敢去爱。

总有一个人，他非常需要你的出现，或许有些出乎意料。

每天早晨一个吻

E女子说，每天早晨先生上班前都会吻她一下。

她说这对他们的婚姻很重要。

她和先生的性格都不是很好，独生女的她并不包容先生的坏脾气，若是先生发火时她无法忍受，甚至会把厨房的刀都举起来。

第二天，他们就像昨天什么也没发生过似的。先生给她一个吻，她继续睡在梦乡里。先生照常工作，那个吻还像烟雾似的飘在她的脸颊上。

她醒来时，美美的，忘记了昨晚的刀光剑影与唇枪舌剑，穿上先生为她精心挑选的粉色棉绒拖鞋，去镜前看看被吻过的那一侧面颊，开始同情先生的坏脾气。

他为那么小的事情发火，多不值得？暴躁的人怎么能长寿健康呢？怎样帮他改改这坏脾气？

她打扮好，准备去买菜。皮夹里竟然多了一打纸币，先生每月的工资都被公司自动转到她的账户里，看来他又赚了外快，如数上交。

她突然好想抱他一下，可是他不在。

到了超市，选购结账，排队的人群中，有一张憔悴灰暗的脸，明明那个女子很年轻，五官也并不难看。

她知道女子并不幸福，凭她女人的直觉。

午间，先生打来电话催她多吃一点，她说正在吃呢。放下电话，还在想着先生早上那个吻。

午后时光匆匆而过，她做自己的事，还要看书，但她并不寂寞，她有先生的爱陪在身旁。

晚间菜香满屋，先生匆匆归来，笑窝浮在脸上。他们吃起来和偶尔的外出烛光晚餐一样温馨。

爱，在每天早晨的一个吻中渐浓渐深。

一往情深的眼神

G小姐婚期将至，准新郎年长他七岁，曾经有过一次婚姻。

她说刚开始好害怕遭遇四十多岁的男人，他们早已没有爱的激情。

可是当她遇到现在的男朋友，便完全忘记了他的年龄。

他们结识后的第二个周末，便一起海滨烛光晚餐。她至今难忘男友那一往情深的眼神，而咸风轻荡、浓浓夜色里的依偎让她仿佛又回到了初恋。

每当她因小小的不快而略感孤单时，想想那宁静而深情的眼神，总感觉他就陪在自己身边。为了那魂牵梦萦的眼神，她会急急地打电话去见他。

当她在离男友最近的咖啡厅落座等待时，心跳加速，激动万分。她发觉，初恋的感觉似乎重现。

男友每次都深情款款地向她走来，无论她调皮地藏在怎样隐蔽的角落，他都会如007般神奇地出现。

有时来得及去花店，男友一定是揽一捧洁白素雅的马蹄莲送她。绿白相间的搭配，清新出尘。她每日欣赏着它们，一遍遍回想在咖啡厅里和男友互喂巧克力奶酪时的情景，心里便美美的。

生日的清晨，她被音乐盒里的小提琴曲叫醒，朦朦胧胧睁开眼，指间有晶亮的东西在颤动。待她偎在枕边赖床5分钟后，才发现那是一只无比璀璨的钻戒。男友从床边蹿上来，坏坏地说，你若不愿意，我就把它吞下去。调皮的胁迫，也是一份深深的爱。

深爱，无关年龄。

只看令他一往情深的人何时出现。

指尖的温度

他和你刚刚分开，他的吻还在你唇边飞舞，指尖的温度还依旧保留。

你索性走到阳台，看着夜空，想象一下他现在是怎样地想念你，是不是也和你一样。

你们晚上吃饭的情景一遍一遍出现在你脑海，他帮你夹菜的动作和神情，他富有磁性的嗓音，他暖暖的笑容里的紧张，他喝果汁时喉结立体感的变化。你都一一记得，不想回想，却放不下。

直到你有些累，或者他来电话告诉你，为了他要好好休息。

当你洗漱完毕，又想起了他。虽有睡意，但未能沉沉睡去。

早晨醒来，指尖还有他的温度。

这是你们两个人的初恋，你是他的初恋，他也是你的初恋。

多年后，当你再牵不知道第几个男人的手，你已长大，也已成熟。那个男子去拉你的手，你指尖不再有那种温度，你会去想他是否是合适的人，不可以爱过以后再来判断。

他会继续拉你的手，你又去想他真的爱你吗？你哪里值得他爱？他会不会骗你？会不会还有女朋友或情人？他会和你爱多久？

当你确认不了这些，你便开始不安，你知道自己没法一边爱着一边做选择，你告诉自己必须选好人再爱。

女人到了一定年龄，风花雪月已经不再重要。

重要的是，选一个真正能让你过得幸福而踏实的人，让自己不要像张爱玲那样孤独终老。

随着年龄的增长，我们不再去回味指尖的温度。

但心里，却越来越想找到一个阳光温暖的伴。

不记得回家的路

女孩长成女人，至今不会开车。

多年前，因为初恋男友一直担心她习惯性刹车踩油门的毛病，她几次学车都被劝得半途而废。

有他驾轻就熟地带她游山玩水，她也不觉得会不会开车有什么差别了。

后来女孩去了别的城市。

平日朋友们送她回住所，都笑说自己被人绑架了也讲不明白事发何处，因为她根本就不记路，不认路。

她每次都会望着车窗外的风景美美感叹，或是找到些许灵感后得闲直抒胸臆地写下一段小文。

她在车里感受到的都是愉悦、轻松、幸福。她从不担心塞车有多么误事，因为她的工作随时随地可以继续，而替她驾车的人看着她的惬意便足以平息等待道路通畅时的焦急。

朋友们都说她有福气，不会开车又有靓车坐，载她的人也都一个比一个好脾气。

某日急事，雨天出行，路上只能打到私家营业车，归路上她指不清该走哪条路，开车的人用的导航软件又不灵光，平日里半小时的路，足足转了一个多小时，也未到达她的住处。

她第一次体会到有家不能归的滋味。

阴差阳错地被司机送到家，已是凌晨两点，足足用了两个小时。

第二日，她打电话问朋友回自己家主要的几条驾车路线，仔仔细细地写在随身小记事本上。从此后她走到哪里都会注意一下去时的路。

并不是她真的不认路，也不是她懒惰，只是之前她没有机会让自己学习如何去认路。

被人万般呵护的女人其实很幸福，既不需要时时能干，也不需要事事聪明。

你很好

小U独自去了远方。

那是一次说走就走的旅行。

原本，男友要在那个美丽神圣又人烟罕至的地方向她倾吐心愫，了却与她走进婚姻殿堂的夙愿。

可就在临行前，她看到了男友手机里的暧昧短信。

她之外，男友还有别的交往对象，而且不止一个。

小U对镜自怨自艾。

或许我没有了往日的神采，最近工作好忙，既不去健身，也未坚持做护理SPA，他便不喜欢我了。

或许我该去多学习一些扮靓技法，不应该总是打扮得这么保守，是否少了些性感？

我的发型太简单了，直直的，要不去烫成卷发，再染成金色，显得时尚一些？

她试探了男友几句，没有听到他嘴里有一句不满，他甚至还给小U做了一顿丰盛可口的午餐，边吃边喂她。

她怎舍与男友分手？

一夜无眠，她起身收拾行李，留下一个小纸条就走了。

一周后回来聚！

男友的电话打了无数回，她接了便挂掉。只说一句，不要担心我。

归来便是分手，她确定男友不是适合结婚的对象。

不是你对他已经不再有吸引力或新鲜感，只是他定不下那颗浮躁不安、总想拈花惹草的心。

若是厌腻了你，他早就会放弃，哪会有长相厮守的打算？

平实专一而重情义的男人知道平平淡淡的感情才长久，不会要求你天天靓丽示人，完美无缺，像明星走红毯时那般夺目，更不会在别处寻求慰藉来满足他欲壑难填的心。

你很好，不要因他的妄为而怀疑你自己。

绝望的爱

听S女子讲了她的初恋故事，唏嘘不已。

刚刚大学毕业那年，在电视台工作的女同学邀请她参加了一次官方餐会。

她不经意的一个眼神，令后来的男友Z看出她的心思。

再见时，Z突然现身，开着越野车，深情款款，S如临幻境。

Z说有急事要带她到很远的地方，问她同意与否。

S不假思索地答应了。

在路上，Z的钱几近花光，又因劳顿奔波而感冒。

当他们来到一所医院挂吊水时，遭遇了穷苦的一家人。小女孩仅八岁，因急性盲肠炎需做手术，她的父母却拿不出2000元钱让孩子入院，而孩子的爷爷正走在回家借钱的路上。

Z向他们确认完有2000元钱孩子就可以做手术后，毅然决定替小女孩负担医疗费。虽然他明白，之后他们即将钱袋空空，连住宿费用都未必能支付得起。

S为Z的善良感动。

后来，S知道了Z是因逃婚而离开了家，生活开销全靠富甲一方的远亲接济。但那个远亲又突然沾上官司，时常出入警局，他们后路艰难。

或许是因为压力与劳顿，经医院确诊，Z患上了绝症，余日无多。

而他们深深爱着彼此，这个消息如晴天霹雳，令两个人无法沉着面对。

之前，Z给S买名牌包袋、服饰的钱，S统统存入银行，Z笑说她是守财奴。

当Z看到医学检验报告时，眼中迷茫，他告诉S远亲的钱不知何时汇过来。S则拿出一张银行卡，告诉Z：以前你给我的钱我都存起来了，以备不时之需。Z完全理解了S爱他的心，泪光闪动。

Z的身体每况愈下，S痛在心扉，却鼓励他坚强面对。

Z惋惜不能与S共度美好人生，亦不想拖累她。S哪舍弃他而逃？

Z离开了这个世界，带着S给他的深深的爱去向天国。

S说，陪在Z身边的每一天，她都无比快乐。他们竭尽全力地爱对方。

虽然两个人都感到很绝望，不知道哪一天他在天堂，而她在人间。

如今S依旧孑然一身，但并不孤独。

有的爱，很绝望，绝望得凄美忧伤。

因为无望，便更令深爱中的两个人惜时如金。为了不知道何时会到来的无奈别离，他们全身心地爱着彼此，不遗余力。

即使某日面对心痛的结局，那段回忆亦足以伴你余生。

适配

小U是一个阳光可爱的女子，从她纯真的笑容里，看得到明亮清澈的心底。

她很喜欢别致有趣的物品，若不是贵得离谱，都会将其收入囊中。闲来把玩，她如在博物馆中巡行漫步般一一捕捉着设计与制作者的心性与灵感。

当她打开那个小小的首饰布包，仿佛有一位温柔清静的女子正向她讲述着每个拉链与孔洞的用法，小小的拉链里装着的一只18K金的私人高定手链也似慵懒的猫咪般恬静地钻进两块碎花小布中间，好贴心。

当她从套在书上的条状布袋里取出消字笔写些文字时，不由地好生佩服爱心满满的设计师们。看似一个不经意的想法，却给了读书写字的人那么多便利，笔可以随用随取，为它做身衣装，让其陪在书的身边，使它不会寂寞，更不会被主人不小心遗落。而用它写出来的字，要改动时只需用另一端的特制透明橡皮轻轻一擦，便痕迹尽消。

当她在飞机上脚蹬带蝴蝶结的金色软鞋后舒舒服服地闭目养神，又美美睡去。醒来那刻，疲累全无，足周浮荡着轻松的快意，便更有一种刹那间的成就感。那是一双比家用拖鞋贵几倍的便携式小可爱软鞋，外加可装脱下来的靴鞋用的拉链式折叠布袋，折叠后的大小和折叠钱包差不多。设计师采用了如此人性化的细节处理，令其使用功能瞬间升级，她当即买下，十分果断。从此，再也体会不到长时间乘机后双足肿胀的感觉，从而让自己飞去飞来的生活变得愈加舒服又快乐。

如上种种。

而这些，在她前男友的眼中，都是画蛇添足之物。他说，女人真麻烦。

现在这个男朋友，爱极了她这副样子，逢人便夸她是个很会生活的女子，一定要娶她为妻，说我们未来的家会被她精心装扮成浪漫温馨的梦幻世界，我要开心死了。

如果你是一个精致的女子，与你适配的男子一定是欣赏你这一面的那类人，或者是他同你一样精致细腻有品位。否则，在他眼中，你是异类，是龟毛，是吹毛求疵。

浪漫到老

一个男子，家有妻儿，外揽情人，自称很浪漫。

春节团聚时，他带着十几位家人到餐馆吃饭，菜样都是他喜欢的中式风味，他觉得菜量大、价格实惠。家人们吃得很开心。

太太的生日，他又带她和一双儿女去了那家餐厅，太太看着孩子们吃得满面饭粒，笑得合不拢嘴。

情人节前两天，他再次带着一个成熟女子去了那里，女子觉得菜式太普通，但为讨他欢心，只字未提，反露出一副欢颜。

女子花着他的钱，带自己的一圈朋友早已吃遍全城，和她吃的那几餐只当是清肠排毒。

情人节后两天，另一个娇小的年轻女子又随他入了这家餐厅，他看着她吃，她也不言语。

年轻女子经常拿出他给的大把钞票向男朋友炫耀自己的魅力，再带他去吃午夜大餐，直到杯盘狼藉。

夏日艳阳下，又一个情人随他去了马尔代夫，两个人静静地看了两天鱼。他的太太恰恰是最忙的时候，因为正值孩子们的暑假，三餐都需要她在家中精心备好，还要带他们参加各种学习班。可两个小家伙不是要趁假期出去玩，就是要到外边享美食。

回到家，他有些不忍心。带着太太和孩子们再游马尔代夫，依旧看了两天鱼。太太说旅行的感觉真是好啊！孩子们也变得安静了，平日里真是被他们吵得习惯了，现在出来一下，才发觉可以静下来几日真的是难得的休闲。他听了有些心酸。

后来，他破产了。情人们都离他而去，只有太太和孩子们一直陪着他，直到几年后他东山再起。

春节、生日、孩子们的暑假……他带着太太和孩子们到各处品尝不同的菜品，去不同的国家旅行。他告诉太太我们要一起浪漫到老，太太的脸颊泛出一个深深的漩涡。

他终于明白，带着自己唯一的爱人周游世界、品尝美味才是真正身、心、灵相契合的浪漫与美好。

那些在他婚姻之外曾经出现的女子，只是陪他一同顽劣的过客。

浪漫到老，原本只是两个人的忠诚相守。

别把自信弄丢

W小姐在朋友的派对上遇到了J先生，对他一见钟情。

J先生在海外留学并工作了多年，学识宽厚，职场风光，体魄健壮，风流倜傥，他的出现令派对上的女子们眼前一亮。

几个粉红女郎主动上前眉目传情给他，J先生并未对她们表现出热情，而仅仅礼貌地轻饮小酌。

在人群后面，W小姐静静地望着他，心咚咚地跳个不停。

当J先生在朋友的引导下走来，用微笑的眼神向她看去，她拿着鸡尾酒杯的右手竟然抖了起来，以至于把酒洒在了与她碰杯的J先生的西裤上。

W小姐更慌乱了，拿起桌上的纸巾替J先生擦酒渍，又一边道歉，一脸羞涩。

就在J先生抬眼看她的一刹那，他决计和她约会，便记下了她的联络方式。

派对结束的深夜里，W小姐彻夜难眠。她好像从未对一个异性如此动心，以至于惊慌失措，举止难堪。

第二日午后，J先生电话打来，我想我们可否明晚一起共进晚餐，在海滨空中旋转餐厅。她几乎没听清楚一个字，只轻轻地应了一声。之后，J先生发来了具体时间与餐厅地点。

晚上、第二日上午、中午、下午，她一直晕眩似地想着与他的再次相见，她不知道该穿什么衣服、搭配什么首饰、背什么包包、穿什么鞋子。

她忘记了自己是被无数男人奉为情场高手的女神，忘记了每次与男友斩钉截铁分手时的洒脱。

她在穿衣镜前换了十几套衣服，每次都又再把它们丢进衣柜，没有一套合她心意。甚至于她不想去赴约，担心J先生看到自己如此难堪的样子。

但她还是去了，J先生远远望着她，目光炽热。而她不敢直视他，甚至于J先生讲什么她都听不进去了，而且语无伦次。

她太钟情于他。

这次约会之后，她再也没有一点J先生的消息。

自信，远比靓颜美衫重要得多。

却往往，我们会不小心把它轻易弄丢。

辑二：爱的排除法

躲进洗手间里的男人

时常有男女朋友们提及一种人。

躲进洗手间里的男人。

男子A盛邀女子一起吃烛光晚餐，相谈甚欢后，躲进洗手间便不再出来。

收银员跟女子催单，女子无奈付掉账单，从此不见此男。

更有奇男B，出来之后看看账单，要送女子回家。

帮忙打好计程车后，B男子在窗外得意一挥手，谢谢。

这两个男子都有看人下菜碟之嫌，他们是没有遇上“作女”。“作女”也有用武之地。

C男邀一美女吃饭，如厕30分钟。女子一直在席间等他回来，饭钱已经付掉，女子很不高兴。此男占了便宜把持不住自己，趁女子不备又施强吻术。女子夺下他皮夹，抽出一打百元钞就黑脸走人。一顿饭三百不到，她抽走两千。

最后扔下一句话：这点儿封口费算便宜你了。

男子哑口无言，从此改过自新。

D男组织了一帮成功女士聚餐，胸骨拍断，说他坐东，只为老友情意。

饭局过半，向众女士一一告别，说有事先走。大家不舍，感激不尽。

最后女人们才知道要她们自己买单，大呼D男不耻。他却躲进洗手间上网打发时间，待酒店经理打来电话，他掏出皮夹，收下提成，得意离开，面不改色心不跳。

E男每一次参加AA制聚会都会在结账时躲进洗手间，账单最后都是邀请方付的。钱是省下了，名声也传开了。

忍

有一对夫妻，女人温柔细腻，男人冷漠少语。

情绪低落的女人坐在饭桌前等待晚归的丈夫，一张癌症检查通知单放在桌上，写着需要再次确诊。

女人回想着结婚多年来自己的隐忍、礼让、宽容、大度……

从来都会对着镜中哭泣的自己笑的那个她终究难逃病魔的掌心。

男人开门进屋，女人泪如雨注。

问明原委，男人只说，哦！我的心脏说是再去检查，我没去，不也没事吗？男人有一半心脏不工作，先天的。

女人其实知道他不会有暖心的话，但每一次都希望奇迹发生，尤其这次她的病情已近绝症。

女人收拾地上的碎屑，取来粘纸轴粘取。

男人又来训斥，要用抹布擦，这样粘，一个月得用多少个啊，那成本比买个吸尘器还要大了。

因为男人的强势、霸道、暴力倾向，和让一双儿女有个完整的家，女人咽下所有的苦水，不与他争执。

吝啬成性的男人甚至不让女人买吸尘器，说是占地方。

女人的体力是免费的。

男人喊两个孩子来吃他刚买回来的半价甜瓜，没让她尝一口。两个孩子发出尖叫，女人看到青色瓜皮上竟然生着很多霉点。

贵一点儿的水果他从未买过正价的，孩子要跟她去超市，买贵一点的水果，她得告诉他，他再去找半价的。

第二日早，倾盆大雨，他穿上防雨绸的夹克，踩单车走了。

为了攒下公司每月给的交通费，他早晚各花一个小时骑行去上班，风雨不误。

他确实勤劳节俭，把钱都存进银行里，只有他自己知道存了多少。

他们的家一贫如洗，也没有欢声笑语。

嫁错

A女子与意中人喜结良缘，亲友们正祝福、羡慕之时，她却陷入绝望。

因为婚后她看透了他，又无法离开他。

她年轻貌美，谈吐有致，气质绝佳，追求者众。

他英俊健壮，工作积极，上进心强，前途大好。

他们都是名校高材生，她父母高知，他双亲不识只字。

她一直生活在大城市，他来自山村。

她从来想不到他和自己结婚与物质有那么大关系。

他们相识时，她父母有投资房，后男方家人催婚又不出资，A非但未要求男子父母出资购婚房，反倒顺应对方家人的愿望住了父母的投资房。

她心很宽，她觉得他会给自己很好的未来。

之前，她有一位感情颇深的订婚对象，条件好得不得了——博士，海归精英，酷爱弹钢琴，又是美声男高音，为她购置了别墅做婚房，生活浪漫有情趣，高大帅气，一表人才。

只因皆为孤儿的双亲对儿子有霸权主义，她无奈离开。

婚后不久，发生系列家庭闹剧，A意欲离婚。

他同意离婚，但提出条件。

她没法离了。因为他要她还给他婚前父母给他们的五万元钱和近一万元的见面礼，这些钱都花到了装修婚房上，而且远远不够当时所需。

她的父母不相信他的为人那么糟糕，只当是女儿一时任性，坚决不同意A女子要离婚的想法。

她有口难辩，无能为力。

她若有六万，当时就会和他办理手续。

他提出的离婚条件，让她更确切地明白，自己嫁错了人。

他向她讨要损失，他又拿什么赔偿给她良心，还有房子的收益，还有A为他赔进去的花样年华。

选择

有一个恨嫁的女子很烦恼，事业前途渺茫，又没有可以依靠的人。她面临五个选择，便急着找我帮她做决定。

A男单身，风度翩翩，是个花样美男，嬉戏花丛，将她迷住。

B男同样单身，高大帅气，颇有男子汉气质，被众女追求，她心中痴狂。

C男已婚，因太太在国外做儿子陪读而分居，她做了他的情人，但他并无意离婚。她时有幻想做他太太。

D男是C男朋友的朋友，大型家族企业继承人，因忙于事业，虽已过婚娶年龄，依旧孑然一身，嫁给他至少要完成生育四个子女的任务。她仅仅上网查找了一下这个英俊成功的男子便对其心生情愫。C男意欲将她推荐到D男的企业谋个好职，她则动念借机嫁入豪门。

E男与太太离婚了，五十多，她在身体上接受不了他，她之前的情人或男朋友不是小她八九岁，就是和她年龄相仿。因为她长得年轻，看不出实际年龄。E男既不帅也不高，就是有份她可以跟着打拼的事业，他要教她做生意，但她得做他的女朋友。

女子一想到要和一个自己不喜欢的人做那事，不由攥紧了我的手，绝望地哭了。

她太想在绝地抓住一根救命的稻草。

A、B、C、D、E，看似有很多选择摆在她眼前。可又有哪一个能选择呢？

不是任何事都要做选择，也不是任何事都一定有答案。

此时的她，不选择就是正确的选择。

俭

女人疑似患癌，医生开介绍信为她办理转院手续。

女人想和闺密乘巴士去，男人说路程仅15分钟，要带她踩单车。

初夏时日，早间九时许出门，攀坡飞梯，日晒风吹，经过四十多分钟急速骑行，两个女人像落伍的蔫羊，几乎瘫倒在医院大门口。男人说才七里地就能累成这样?

女友想起很久前总是来这所医院，每次来去都叫计程车。这次却是这般狼狈出行。

女人让男人去买点吃的，他一小时后回来，她和闺密早已换了候诊地点。

男人拎着一大包吃的赶过去，闺密不吃超大包装的面包，觉得在公众场合张大嘴巴吃东西实在不雅观。女人胃痛难忍，勉强吃下。若他不在，她会和女友在咖啡角喝上一杯咖啡，再吃一块原味芝士，就很好了。

可是他在，看到了过后会和她吵架。

女人的检查要分几个步骤，一步一步地确诊。男人不快，一言不发，付检查费时已面色如铁。所以女人很紧张，心情沉重。闺密心中抓狂，此男非极品丈夫莫属。

归去的路上，阳光更烈，女人和闺密的脸颊愈发泛红，停不下追赶男人山地车的车轮，几近虚脱。男人看似稍有等待，心却早已如焚。

两个弱女追着铁男，形成一道奇迹风光。

男人要继续踩单车去公司上班，遂火速闪人。两女寻店饱腹，自助汤水，开味午餐。各自归宅，累极酣睡。

男人晚归，冷冷一句，你们回来去吃饭了啊？

女人说是，不多言一字。

诸葛亮《诫子书》中云：夫君子之行，静以修身，俭以养德。

与其说节俭可赞，不如说懂得关爱他人才是真正的美德。

临时替补

无名指除了负责佩戴婚戒，还担任涂抹眼霜、按摩眼周的重责。

一旦涂完润肤水、乳液后直接将隔离霜用左右手的食指、中指、无名指点点星星地按在脸上，就不得不勉强用小手指补上眼霜了。

其实用起来并不给力，但又别无他法，总不能用拇指涂的。

一个女子很兴奋地和女友们讲，一个男子爱上了她。

他约她午餐，因为公司下午有会，她来不及。

男子问会后可否见面。

男子所在的家族集团富可敌国，他则担任要职。海外留学多年，英文流利，魅力四溢。

女子受宠若惊，欣喜地答应了。

下午的会上，她心不在焉，几次词不达意。

会后便冲到洗手间补妆，出了电梯，钻进大厦旁边的一间洋服店便火速试衣，靓丽赴约。

男子带她去的是一家会员制高级餐厅，虽是下午茶，所用杯具器皿却样样让她惊叹。她一边尝着曼越莓与法式芝士做的精巧提拉米苏，一边想象着婚礼式场上她挽着他的臂腕站在来宾面前……

男子沉静地喝着法式拿铁咖啡，不多言语。女孩认定他是稳重可靠的人，心中狂喜。

他望着落地玻璃窗外的海，她也跟着沉浸。

他想和她继续烛光晚餐，她不能自已。

品着法式鹅肝、俄式黑鱼子酱、法国西松露，每一道菜都价格不菲。女子心中突突地跳，莫非灰姑娘要变成白雪公主了？

她被男子绅士地送回公寓门前，再无联系。

两周后，八卦杂志爆料该男热恋女友在瑞典与一白人男子闪婚，婚礼时间就在女子被男子约会前两天。

女子终于明白，她只是做了临时替补。

不爱就是不爱

有的男性明明知道人家对他并无好感与兴趣，偏偏死缠烂打，希望发生日久生情的可能。

A男号称自己人低貌平，财力有伤，名声亦不佳，根本没有一点资格去追求B女，令B女对他的自知之明另眼相看，也便多一份尊重给他。

因为工作上二人有很多合作的可能，A男邀B女碰面商讨工作再自然不过。当然，以这种方式接近B女的男子如过江之鲫，B女心知肚明，却从未说穿。毕竟要靠时间去判明，不可一概而论。

A男乐此不疲，感到B女对他的工作与生意都十分有利，便更想将B女追求到手。

急于求成的结果是，明明可以一清二楚地顺利合作从而双赢，

A男却暗示B女做了他的女友赚的钱就都是她的了。

被众男疑为情场高手的B女能多品高、超凡脱俗，工作宽泛，机会多多。所以根本不在意一笔两笔生意、合作可否成交，更不可能为了金钱而违背自己内心的声音。

优秀杰出的异性她都未必会在意，更何况像A男这种用胁迫的方式来追求她的男子，她只会在心中暗暗鄙视他。

不爱就是不爱。

有的男人会用性去爱，女子对他死缠烂磨或许能成行。但女人是用心去爱的。

所以男人学着倒追男人的女子去死缠烂磨一个上品之女，到最后都恨不得扇自己一个耳光。因为死缠烂磨他会扁掉荷包，最终却没有一分收益。

空位

一个男子努力地追求一个女子。

他已有家室，女子不希望和一个非单身的男子交往，虽然他很爱她。

他早年是为了结婚而结婚，如今遇到了真心爱着的女子，深陷情网。

在矛盾中思虑再三，女子依旧是心有余悸。

她清楚自己很爱他，属于那种深深的爱，可遇不可求。但她依旧谨慎，怕爱错了人，加之爱上有妇之夫已是不对，便又会错上加错，终将留下悔恨给自己，她不情愿那样。

爱在浓情蜜意的初期，积极追求的那一个必是掩去很多真实的性情，而被追求的另一个则会毫无隐瞒，因为有优越感。

女子渐渐知道男子有个坏脾气，虽然他对她好起来时会让她如浸蜜水，可不对劲时能令她气到胸口闷痛。

男子会认错，但又会再次犯错，毕竟天性难易。

没有谁有义务去接受不快与抱怨，女子去意已决。

但她了解他，理解他，也能体会到他无法控制自己情绪的痛苦，所以她并未流露出自己的想法。

直至两个人在一起吃饭时，男子又开始不高兴。她强忍怒火暂且把饭吃下，一言不发。男子却强迫症似地逼她说话。

Sorry，我得先走了。

女子扔下一句话离去，头也没回。

她给他留下一个空位，他对着一个无人的空位吃饭。

他的心里也将永远有一个空位，为他深爱过的不辞而别的女子。

卑劣的男子

L女子娇俏秀丽，无人看得出她已经四十有余。

由于幼年时习惯于父母的斥责，她性格温顺又胆怯。

她结识了F男子，陷入了痛苦之中。

看似柔弱的她，一心想做一番轰轰烈烈的事业，却苦于无机可寻。

她崇拜F男子，觉得他有事业心，成功而有财富，自己可以跟他学到很多。而F男子和她说得十分明确，做我的女朋友，我再带你做事业。

她有些心动，但十分恐惧和他做那个事。

他太老了，我之前的男朋友都有好多比我小八九岁，我实在接受不了他成为我的男朋友或先生，L女子不由地哭起来。

她跟他去吃饭，从未被问到想吃什么、喜欢哪家餐厅，每次都是F男子预订好的地方或直接带她去就餐，她亦从未介意过。

连续多日，他与她四目对望，告诉她许多“别人不会告诉”她的话。

跟我做事业，得先成为我的女朋友。

你现在觉得自己还算年轻，但很快就会老的。女人生了小孩，老得会更快。

男人越老越有魅力，而女人过了四十，就是豆腐渣了。

你现在既没事业，也没财力，跟着我，你就什么都有了。

你的眼神看起来很吓人，不信你自己照镜子看看。

L女子照镜子看看，认为自己的眼神的确很令人害怕。

她和我聊了六个小时，时哭时停，我几乎没看到她有笑容。我告诉她，不要再和他联络，真正爱你的男人不会是这个样子的。

一个男子最卑劣不过于，通过贬低一个女子而诱其上床。

遗忘

她以为自己已经把他遗忘，可是偏偏，她在闹市的街角远远望见了他。

他依旧和多年前一样精神。她努力地去看他：他的发型、他的衬衫、他的西裤、他的鞋子、他的近视镜、他的神情。

她努力要记住他现在的样子，甚至没有看一眼他身旁有否别的女子陪伴。

她不能上前和他说话，因为怕尴尬。

多年前是她把他狠心甩掉，为了那个她以为会给自己幸福的人。

而现在，她看起来至少比他年长十岁，而他俩原本同龄。

她想起了自己每日在家刷洗碗筷，而丈夫像监工似地在一旁帮她拧小水流。

她泡个澡，水不及小腿一半时，丈夫冲进浴室，大声怒吼她败家，站着冲凉可以省下多少水电费。

她摘菜，叶子黄了不能扔，丈夫发现了又要吵一番，和他谈什么营养、健康根本是无用功。

丈夫踩单车一小时去买比家附近便宜的菜，回来又是火气十足，他累了。

她让他歇歇，丈夫又是几句斥责：活不干完了我能吃下去饭吗？

日子在一天天熬苦药似地度过，她曾经的美丽与神采也消失殆尽。

她以为自己早已经忘记了旧时的爱人，她强迫自己去忘记，忘记了才能欺骗自己未曾有过美好的爱情，才能安慰自己向现实低头。

可她偏偏又再次看到了他，才知道自己根本没有把他忘记。

然而，那么遗憾，明明能够走近了和他一起去怀念，她却没有勇气出现。

把回忆锁进保险箱

某日凌晨，闺蜜小F让我去陪她，不是坏事难道还会是好事?

她和男友大吵一架后，男友很不悦地走了。

她不能一个人，四处找人陪，我是首个支援对象。但我没有去，我让她想清楚后第二天和我讲。

果然如我所料，我们见面时她只字未提他的不是，一再求我把他叫回来。

授人以鱼，不如授人以渔。

是她把男友“作”走的，复合几乎无望。只好让她吸取教训了。

她细数着他的好，无论对她，对她的父母，对她的长辈、同事，还是他自己的父母。又拿他与前几任男友一一比较，得出结论——她最爱的人还是他，而最爱她的也是他。

她最后哭成了泪人，我从未见过她那般狼狈，为了爱情。

男友果然是坚持和她分手，无论她说什么软话。

我时常陪她下午茶，正餐她基本没胃口，只有零星吃吃。人也邋遢了，越来越憔悴，两日无神，几乎变了一个人。

他留下的每一样东西、送给她的每一个礼物，她能讲出一段动听的故事，甚至把我感动得流泪。以往她从不以为然的这一切，终于被她作为至宝小心收藏，唯恐弄坏一样，破坏了她保留得十分完好的记忆。

她听我的劝，换了新寓所。打点妥帖后，和我一起买回一个保险箱，将他给她留下的记忆收藏，小心锁上，钥匙由我一个人保管。

我尽可能多地和她出门，看风景，会朋友。

两个月后，她身边又有了一位体贴入微的男友。我开心地将保险箱钥匙还给了她。

要住进房间，得腾出地方；要一个人走进你的心里，也要给他让出空间。

那些过往，就锁进保险箱吧！

他没有骗意

小女生H说被男子I所骗。

男子和小女生说，他是想要和女友结婚的，还在犹豫的时候，女友爱上了别人，他几乎丧失了继续活下去的勇气。

H像救世主一样频频听I诉说，他说自己爱上了她，她好像也渐渐地爱上了他。

她觉得他既然受了伤，就会更珍惜下一段感情。

她以往都主动追求自己喜欢的男生，而且愈败愈勇。这一次却很特别，因为她像一个圣母，被他需要。

她不紧张他们的关系，也不用每次打扮个把钟头美美地出现在他面前，他总说心灵美的女孩子才最美丽，她只要善良就够了。她信以为真。

她告诉别人再也找不到这么有安全感的男人，他从不在外边玩乐，赚的钱都一分不少交到她手上。

她换用更便宜的护肤品和彩妆，不再烫卷发，染发的频率也比以往少多了，还抛下小姐妹的各种派对、邀约，几乎天天回家给他煲营养靓汤。她要给他调养得容光焕发。

他们的世界只有两个人，他从不带她见朋友。她说两个人在一起是最温馨不过的事，没必要和别人分享他们的幸福。

小姐妹们都为她担心，因为她和以往判若两人，由前卫女生变成了贤良煮妇。可她不以为然。

半年过去了，她和他提出结婚，他起初沉默，后来干脆失踪了。但他留给她一笔钱，在银行卡里，够她一年的开销。

她说他有和前任结婚的打算，为何不和我结婚，他爱我，除了我也没有和别人交往，可他骗了我。

她是为他疗心伤的医生，他很受用她的关心与照顾。

伤养好了，早晚要出院的。

她对他的好，他可以用钱来回报，但不必用一生去偿还。

她混淆了爱与依赖，但他还是聆听到了自己内心的声音。

他没有骗意，她应该感激他没有给她一个无爱的婚姻。

爱的寂寞

有一个中年女子，守着寂寞过活了多年。她眼角横生的皱纹向岁月倾诉了主人的苦与伤。

曾经她貌美如花，风风光光地嫁进一个体面的人家。

先生相貌平平，配不上她俊秀的模样，但对她疼爱有加。

多少人见证过她的幸福，她的每个微笑几乎可以串成一个花环，把她装扮成无比快乐的美妇人，为青春的记忆留下永不褪色的画面。

那时的她，有先生的呵护、公婆的疼惜、叔嫂的照顾，还有一众好友的羡慕，完全预想不到自己多年后的孤独与愁苦。

随着先生的提职、升迁，薪水渐涨，受人瞩目，她逐渐被他忽视，甚至遭到漠视。最后，他干脆无视她。

他有了别的女子，相较于她，那个女子更年轻而有活力，他便忽视了也曾青春洋溢的她，觉得她已不能激起自己生活的热情。

那个女子花掉他几乎所有的薪水，他无力再养家，便告诉她钱都赌输了。她爱他，反倒把自己的工资拿出来给他买漂亮的外套，让他在人前依旧体面。

先生的眼里，她已不再年轻，皮肤没有那个女子娇嫩，眼神也不像那个女子那么清澈了。他完全忘记了太太在当年曾是多少男子魂牵梦绕的美人，反倒漠视她，冷淡她。

先生夜夜不归，最后彻底失踪了。她去公司里找他，他居然装作没有看到她。

她独自饮泣，夜夜不眠。懂事的儿子每次替她抹去泪痕，她都心如刀绞。

直到数个人来到家里向她讨债，她才知道他因贪污公款被判刑入狱，全都是为了那个年轻的女子。

很多女子，错爱一人，便寂寞一生。

倒不如，原本就未曾爱过。

最好的朋友

H女子静静地坐在咖啡店窗边，她刚刚接到未婚夫悔婚的电话。

还有两天他们就要结婚了。

她和他是少有的从初中一直好到要结婚的一对儿，历经十三年，早已血浓于水。突然的改变令她顿时麻木。

闺蜜伴娘来电话说和上司请假同游太平洋小岛一事终于有了眉目。本该高兴，可她一句“不用了”令电话另一边的闺蜜一怔。

当她极其艰难地说出了理由，一向温柔的闺蜜几乎歇斯底里，她主动把电话挂掉。

她不容许任何人贬低责怪她深深爱着的人。

妈妈的哭声也淹没了她的耳朵，爸爸的气愤更是不可抑制，她只让他们平静，似乎自己是个局外人。

不停有打进来的电话，关心、担忧、指责、安慰，她听得清楚，但根本听不下去。

因为她爱他，她不知道没有他该怎么过，别的都不重要。

她不恨他，不气愤。

她知道，如果没有矛盾与纠结，他本可以很早就提出分手。所以她不需要别人给任何建议对他摆明态度。

喝了六杯没有加糖的咖啡，又拒绝了几个女友要晚上一起陪她的好意，想想他对自己的那么多好，好到她甚至都没有一句怨言，即使现在他要离开她，开始与另一个女子的生活。

她很惊讶自己怎么没有一股冲动找他谈谈，或是向最要好的一个闺蜜哭诉，她只是不停喝着咖啡，发觉自己平生第一次能喝下苦涩的咖啡，没有加一块糖。

小店打烊，她起身离去，独自回家。

此时，坚强，才是她最好的朋友。

分手的方式

一个女朋友半夜跑到我家里，说再也不想见到他，她有妇之夫的男朋友。

我说这就是分手了吗？她说不用说他也明白。

细细数来，分手也是有很多方式的。

他俩这种，想必是心照不宣式吧！后来，也没听女友说男朋友找过她，两个人都不高兴再见，轻而易举地就分了。不过我倒是在某个派对上见到过她男朋友，他没有人间蒸发，我女朋友也没有，他们都当对方不存在，各过各的日子，互无瓜葛。

还有一种，就是人间蒸发式。

W先生是一个在沪工作的马来华人，和C小姐在一起近三年，中间C小姐提出过结婚的想法，每次他都将话题岔开，不予作答，

C小姐只当他未做好结婚的准备，不再追问。

某日，公司被一个垄断集团并购，人员也有调整，W先生无法面对突然的工作变动，借酒浇愁，深夜在酒吧迟迟不归，直到天亮早吧关上大门，他才返家。C小姐与他大吵一架后，他就人间蒸发了，再无消息，定是回了马来。

第三种，中转站式。

一直倒追的E小姐接到男友好友的电话，说男友和她确实没有缘分，希望她以后过得幸福而快乐。E小姐长呼一口气，开心极了。她说，连分手都没有勇气当面和我讲的男人，我跟他又能过上什么样的生活？我倒要感激他不再拖我后腿，让位给更好的人来爱我。

第四种，措手不及式。

相识时不知对方有家室的J小姐一直未下定决心跟男朋友坚持爱很久，当有一天，他又犯了王子病时，J小姐一句I am sorry，我必须得走了，丢下他一个人在饭店座位上，对着饭菜去反省，这招够狠。

第五种，和平分手。

第六种，吵架分手。

你曾有过哪种?

分手也要讲究方式，就像人故去时，要让他在葬仪馆体体面面地走完最后一程。

我们曾经共同拥有过的爱情，逝去时，也让它有尊严地离我们而去吧!

难忘的梦中情人

K男子社交广泛，却一直单身。

K妈妈眼见条件好得令姑娘们眼热的儿子未娶，急在心里。

K男子拒绝了妈妈撮合的相亲，说他已经有了意中人。

K妈妈将信将疑，又不好打破沙锅问到底，耐心等了等。

他的圈子里优秀的女子不少，但都是他的朋友，她们中间暗自喜欢他的人很多，可是却没有契机和他深交。

他和她们永远都是生意场上的交际，从不私会，更没有谈论感情的想法。

其中也有人偷偷猜着他是不是那个，但又找不出明显的迹象，大家说说就算了。对于女孩子，他的感情世界永远都是个谜。

后来K妈妈生了一场大病，求儿子去相亲又被拒绝了。

病体稍愈，她便借由帮儿子打扫房间，独自去了K的公寓，终于找到了答案。

K男子的一个小小的日记本里，夹着一张女孩回眸微笑的照片，清丽超凡，很是眼熟，只是她一时想不起是谁。

当她看到照片后的一行小字，永远爱你！我的天使，马上对上了号。

照片上的女孩子已经离去了，她是他们家旧时画家邻居的女儿，读大学时不幸患上了血癌。她确实是个世间少有的女孩子，淡泊、安静，画得一手好画，写得一手好字，每次看到她时都有一种无形的引力被她带走，令人过目不忘。她的离世曾令四邻痛哭惋惜。

K妈妈明白了，其实儿子一直都不孤独。

她也很替照片上的女孩宽慰，因为她一直都活在儿子的世界里，从未离开。

而与他交集过的女子，却没有一个走进他的世界。

分手的理由

两个人相爱，并不需要太多的理由。缘分？情投意合？好像并不能完全说得清。

两个人分手，却有千万种理由，甚至令人百思不得其解。

A男说女友没有她妈妈漂亮，做的饭菜也不香，其实她十足美丽，而且烹饪水平绝对不差。

B男告诉妈妈他和女友动了手，她便要求分手。结果他被妈妈责怪了很久。妈妈还去向他女友的妈妈诚恳道歉，却不知道是儿子女朋友有了新欢才将他儿子换掉。

C男希望女友理解他的心情，前一段婚姻伤他很重，他还没有走出阴影，需要一个人静一段时间。

D男对女友说他们不合适，可他们已经在一起十一年了，早已将关系打磨得圆圆满满。

其实，理由真的不重要，既然要分手，再好的理由也改变不了无奈的结局。

但是，他的理由可以让你怀念他、感激他、无视他或淡忘他。

A男的自卑不言而喻，所以女友虽然抓狂，仍平静地选择淡忘他，她知道一个自卑的男人会将她束缚得很紧，以致最后窒息，姑且当他是生命中的一个过客，总归不能用自己的不优秀和不美丽来换一份爱情。

B男是个孝顺的儿子，也是个很理智的人，他不想母亲伤心、责怨女友，就把事因都揽到了自己身上。所以分手多年后，女友依旧感激他。

C男对这段感情并不满意，又不想伤害女友，才说得含蓄，令女友在和他分手后依旧会心有希冀，不至于伤心绝望。因为他知道独自疗伤的痛，希望女友怀念他们曾经的爱情。

D男的分手理由苍白无力，只能说他实在是再也找不到什么托辞提分手了。他应该是厌倦了风平浪静的二人世界，准备挑战下一个高难项目吧！女友不无视他才怪。

原来不想或不能在一起了就是分手的理由。可是谁都想把理由给粉饰一番，用他们的性格和处事方式。

爱的排除法

一个男子独自生活了很多年，父母都在国外。大家都觉得他事业那么成功，可就是缺个生活的伴儿。

时隔上一次两个月了，他答应朋友，晚上见一个在美国长大的华裔女子。

对方一口标准的美式英语，热情洋溢的，好像每一个平静的人都会被她感染而变得活跃。

男子听她聊很多ABC的趣事，笑容挂在脸上。

夜幕降临了，又邀她在墨西哥料理的自助餐厅吃饭，他们吃得很开心。

后来他们又去了酒吧，举杯共饮。

最后，女子喝醉。他将她送回公寓，失望归家。

第二天一早，朋友打来电话，他说她没有初恋女友自律。朋友按捺不住，总结了一下。

以往介绍你认识很淑女的A女子，你说还是你初恋女友活泼可爱。

后来你又见了青春可爱的F小姐，你觉得她没有你初恋有内涵。

再见那位才华横溢的C女子后，你告诉我她没有你初恋幽默。

第四次介绍你认识的J女子既美丽，又大方，跟她认识的朋友都说她是开心果，你又觉得她比你初恋少了几分书卷气。

这最后一位，又觉得她没有你初恋女朋友自律了。

我只想问一下，你初恋女友现在如何？

我们一直有联系，她嫁人了，很幸福，事业和家庭都好，她的丈夫比我会珍惜她。

男子并不是在心怀期盼地寻找自己的伴儿。

他是在不停地排除，他初恋以外任何的女子。

他一直都后悔，那么好的人，没有好好珍惜。

其实，思念也是一种生活状态。我们常常把它赋予在一次次希望又失望的情感挣扎之中。

辑三：爱，亦苦

错误的延续

听几个阿姨说起一个女子的苦。

她当年与现在的丈夫结婚前，并未发觉他有诸多性格上的不健全。而婚后，她渐渐明晰地知道了那是一个错误的选择，既不现实又太委屈自己。因为男子冷漠自私，也并不爱她本人，而是爱她给他带来的便利。比如写着她名字的父母的投资房产给了他们住，她是本地人，而他漂泊异地终可把心放下来。同时，女子本人的条件好得很，和他结婚完全是下嫁，她只图他是个安分守己过日子的人。因为她已万水千山走过，只想取一瓢饮。

女子冷静地决定离婚。

但父母为了面子，施予她种种压力，让她忍着。错误的婚姻，没能终止住。

化脓的伤口未加清理和消毒仅自愈，便会累加炎症。

她在隐痛中相继生下两个孩子，性格都遗传了爸爸。她又继续为他买单，花尽心血地教育，带孩子看心理医生，陪读心理辅导课程，却得不到丈夫的丝毫配合。

她在课堂上看到儿子的同学们鼓着劲儿地回答问题，而儿子却用脚垫着屁股坐在座位上，身体扭成怪状，毫不配合任何集体活动，拒绝同学们的关心与帮助，只是活在自己的世界里，执拗的性格与帅气可爱的样子形成强烈的反差。

她背过身去，面朝窗外的操场哭了。

就连孩子也在为爸爸买单，儿子完全遗传了爸爸的性格。

她是一个无比随和、乐观、坚强、积极的女子，谁也想不到她的孩子会是那个样子。她要比其他母亲多付出百倍的辛苦，还未必能让儿子有所改观。

这仅仅是错误延续的一个章节，还会有孩子长大的那一天，他也要恋爱、结婚、生养。作为母亲，她都要陪伴他到自己无法再参与的那一天，为他白头。

如果当时她离了婚又再婚，她的孩子应该很优秀而性格健全，因为她不可能再嫁一个类似的人，她已有了经验教训。

但是，错误延续，便没有终点，她便要用一生去修改这个错误的答案。

两对夫妻

一对年轻小夫妻结婚了，但分开住。因为没有房子，工作地又不同，分别住在自己的父母家，方便上班又不辛苦，周末小聚，分外欢喜。

他们的父母都不因为儿女结婚离开这个温暖的家而孤单，倒是多了一分心安，因为子女不再单着了。

二人也不因为离开父母独居而心怀对老人的愧疚与担心，因为依旧可以陪在他们身边，吃他们烧的可口饭菜，陪父母看电视消遣，看他们不知不觉变老。

小两口依旧同结婚前一样，下班后去强化英文，充电行业新知识，间或泡图书馆、打球、朋友小聚、轻松畅聊一番，各自依旧有自己的生活方式与朋友圈子。

他们周末相聚，近郊游或和老人家庭聚餐，变着方法快乐，过得很幸福。

另一对中年夫妻离婚了，但还住在同一个屋檐下。因为存款给了女人，房子和女儿归了男人。女人没有搬离这个家。

男人一直念着她，是女人执意要离婚。

男人说一想到她由一个女孩变成为他生了女儿的妈妈，看着她眼角出现了皱纹，两个人一起慢慢变老的感觉真好。

他还爱着她，但女人已经不爱他了。可是能够每日看着女儿长大，她也觉得幸福。

男人留不住她的心，把她留在家里就很幸福。

两对夫妻，两种幸福。

人生种种，幸福也种种。

爱与束缚

在商场与四年前深陷苦恋的女子W偶遇，着实为她近来的幸福而欢喜。

她当时的男友F是个知识渊博的才俊，博士学位，比她年长十岁。经亲友介绍认识后，F对她展开了猛攻，时时紧张她的态度，担心她换到更有影响力的外企工作，甚至尾随她去了面试现场，趁中场休息偷偷告诉面试官他们已经结婚，以求W难被聘用。

最严重的一次是，W带好了要到晚宴现场换的礼服，不巧落在F的车上。她打电话让他送到现场，他坚决不送。事后说是故意，因为怕她在成功人士聚集的活动现场太引人注目，一旦被别人抢走了可怎么办。

她想想自己当时在众人靓服和华灯杯影里那身中学生扮相的休

闲运动装，气便不打一处来。

F一再劝她安分守已地做好现在的文职工作，结婚后就不必再工作，赚钱的任务全部交给他，她只要做个贤妻良母就好。

结果我们可想而知。

如今这个男友N相貌普通，不及F潇洒帅气，但对她体贴绅士、慷慨有加。她说在财力上N不及F的一半，但他会给她买品味上乘的服饰包袋以让她比别人更体面地出入职场与社交场合，多一份自信与底气。

W小姐是一个有梦想的女子，N亦钦佩和支持她，并且全力帮助她实现梦想，从不顾虑自己周围的哪位魅力男性朋友会横刀夺爱将女友的心带走，尽管他和他们相比，既不胜财力，亦没有他们追求异性有手段。

但他了解W小姐懂得并珍惜他对自己真切的爱，他确信女友会愈来愈体会到他的用心良苦，从而对他爱得渐浓渐深。

智慧的女子，一定要爱一个能够帮助你实现梦想的或者互相鼓励的正能量的心地善良的男生，彼此还要有类似的思想与生活方式。

他若真正爱你，一定会乐于为你打开一扇窗，带你去探看更广阔奇妙的世界，而不是将你束缚得仅由他专属。

如若那样，你对他的爱亦会因窒息而凋亡。

被幸福撞晕

X小姐离婚了。

两个月后，她悔不当初，决议从国外飞到前夫所在的城市。

前夫说害怕她了，连面都没有和她见一下，她最终无奈返回原地。

她说自己太任性了，除了回忆，她不能做其他的事情。

当初两个人在朋友的聚会上认识，前夫M先生之前一直单身，X小姐刚刚大学毕业，尚未有合适的工作。都在异国他乡，寂寞终有人倾诉，他们又都渴望寻到另一半，于是，在很短的时间内，两个人就发展到热恋状态。

X小姐找了份离M先生公司近的实习工作，他们中午一起吃饭，再一起走一站地回各自公司上班。只为彼此陪着对方，半个小时也很珍惜，乐此不疲。

几次随友出游，X小姐都细心地备上纸巾、消毒湿巾等小物，而M则背上专业单反为大家拍下许多令人回忆的相片。

他们夜夜想念着对方，结婚的念头越来越强烈。

经历了一些小小坎坷，他们还是实现了共同的愿望。

婚后，X小姐愈发想把丈夫照顾好，毅然辞去了工作，专心照顾家里的一切。

她每天最快乐的时刻是看着锅里汩汩作响的浓汤，等待丈夫归家的那刻。想象着他一勺勺喝汤时陶醉的样子，自己都会美美地笑起来，有着满满的成就感，带着一日工作疲惫归家的M也沉浸在无比的幸福里。

渐渐地，X小姐会因丈夫背过身睡觉而发火，而且不听哄劝，说你不爱我了之类的话，一次次要他承认错误。他承认了错误，她还是不甘心，进一步试探他有多爱自己，执意要离婚。

虽然情非所愿，M先生还是无可奈何地与她办理了手续。他无法面对这突如其来的打击，辞职回国。

X小姐当然还爱着前夫，她会间或问M还爱不爱我了。起初他都正面回答，后来，她无法再联络到他了。她终于知道，他对自己的爱已经不会再回来了。

她爱他爱得过了火。

我们努力地爬上山顶时，会兴奋地飘飘然。再看脚下的风景时，要稳，要小心翼翼，要珍惜一路的艰辛跋涉。一旦被胜利冲昏了头脑，便会险象环生，甚至会葬送自己的性命。

希望类似于X小姐这样的婚姻悲剧不要再重演，她仅仅是被幸福撞晕了。

等她的人

外边的雨下得越来越大，天空有点儿近似于咆哮，不由地令女子想起了大学时那个即使在雨天也要见她的人。

他是她同专业的前辈，比她早一年入大学。

他很直接地和她表明钟情之意，她却还处于懵懂期，和同寝室的女生说他早恋，根本没把他当成一回事。她一直被人追，只会防守拒绝，不加考量。

每每周末，他都在接待窗口的广播里喊她的名字，风雨无阻，不在乎别人投去异样的眼光。

而她只当他是一个和自己无关的人，没有想过一点点他的执着和认真。他已经坚持了三个月，每次都是无果而归。

他是很多女生追求的对象，清秀挺拔，属于超凡出尘的那种男孩子。

后来他再见到她时，流下了许多泪，他真的很喜欢她，不怕她把自己当成笑柄。

他依旧会去旁听阶梯教室的公开课，只为能远远看到她，他明明知道她和自己交往是没有一丝希望的。

后来他大学毕业了，留在了那个城市，又娶妻生女。

而她多年后再听到他的消息，是他的同班同学不经意说起的。他的妻子和你样子长得很像，他给自己的女儿娶了和你一样的名字。

而那时，女子正和自己新婚的丈夫在家里冷战未停，决意离婚。她的丈夫斤斤计较，却说她不够温顺。而她也不想讨论争辩，几近抑郁。

女子想，若是现在他来追我，我哪里会是当年那个态度。

人与人相识，机缘巧合，恰在于此。

当我们经历过人生的风风雨雨，再遇到一个真心对自己的人，从不会狠心拒绝。就算觉得对方不适合做伴侣，至少可以做个不错的朋友。

考验

女友欲考验一下向她求婚的外籍富商男友，便以A女身份在QQ上注册了一个账号，要求男友加她。

男友通过了A女的申请好友要求。

女友心中忐忑。

A女说自己是个模特，发了一张网络上找到的模特照，男友大赞A女身材很棒，欲见A女私聊。

女友完全打消了之前正在考虑的答应男友求婚的念头。

A女问男友有否女朋友，男友说没有，所以想找个女朋友。

女友想起之前男友深情吻她的样子，好想吐。

男友和她约会烛光晚餐，替她剥泰式龙虾，用嘴巴亲自送到她口中。

女友不再有共享美味的愉悦。

男友去了洗手间，邀A女周六晚餐，A女说要考虑一下。

回到餐椅上，男友六神无主。

女友告诉自己要开心，要健康，爱不是生活的全部。

她把番茄汤全部喝下，还点了份海鲜菠萝饭吃。

A女告诉男友周六有别的安排。

男友放下筷子。

女友把海鲜饭盛到他食碟里，做到了善始善终。

第二天，她搬出了男友的寓所，回到了自己的小窝。

男友不见了她，打来电话。她一个也没有接。

原本，她以为他最爱她，为了他而拒绝了那么多优品男子的求婚，可他却如此经不起考验。

最后，她果断将他加入黑名单。

爱亦苦

Y小姐是一个很容易陷入爱里的人。

她和Z先生认识不久，彼此欣赏。

早晨起床，她做的第一件事便是网聊告诉他：我醒了，你睡得好吗？有没有很累，再多睡会儿。

然后就开始一天手机不离手，唯恐晚一秒钟看到Y先生的回复。

她倒上一手润肤水，Z先生的短信来了：我昨晚喝得不舒服。

她赶快回一句：那我马上去陪你吧！今天我得请假。一手的润肤水洒到化妆台前，她又去取纸巾擦，一着急把润肤水的瓶子砸到自己的脚上。

好痛，她怨自己不小心，这下出门要更晚了，她揉了揉缓不过疼的小脚趾，又把洒出来的润肤水擦干净。再涂乳液、婴儿霜，化好妆出门了。

Z先生没有想到她真的和公司请了假，为了他。但他要工作，所以碰面后他们各自去上班了。

中午，Z先生收到短信：吃东西舒服吗？我很为你担心的。但同事一起聊天食饭，大家都不拿手机，他也不便去回。五分钟不到，Y小姐又问，怎么没有回音了，你不回短信我吃不下饭的。

一小时后，Y小姐电话打过来，Z先生小声说在开会。刚刚五分钟前吃完午餐就到会议室开会了。

她这才把心放下，有些魂不守舍的思维稍稍回转过来，继续工作。

她突然间想会不会他是不太喜欢自己，故意冷淡她。于是，又发出短信，我想我们俩是非常合适的结婚对象，你觉得呢？

Z先生陪在董事长的身边，不方便回复，她无法工作，心想着如果Z先生又爱上了别人自己该怎么办啊？

紧接着公司晚宴，Z作为高层管理者，举杯与现场来宾和员工敬酒，直至午夜喝到微醺，归家冲凉即倒头大睡。

而Y小姐已哭成泪人，她一夜未眠。

爱亦苦，有时甚至比没有人爱更苦。

常常，爱与寂寞相伴。他爱你，但陪伴你的更多是寂寞。

寂寞的男子

有一个中年男子曾经沧海。年轻时品学兼优的他，在不想继续单身生活时娶了现在的太太，没有爱情。

太太文静内敛，清秀端庄。他们有一个儿子。

他有稳定丰厚的薪水，太太是全职主妇。

交际封闭的过去，日子稳稳走到今天。

通讯便利的现在，他偶尔遇到心仪的异性，触动心扉。

他也不是多么想念昔日的最爱，毕竟愈合多年的伤痕几近抚平。

但总是有遗憾在心的某个角落挥不掉。

偶然活跃，偶然静止。

他应酬很多，鲜少早归。没有多少次应酬是因为工作。

他有家庭责任心，尤其是重视辅导儿子功课，但他停不下外出的脚步，因为外面有新鲜的空气。

他并不博爱，也算不上情种，但他还是希望认识接触多一些的女子，喜欢和她们拍照片。

优秀的、美貌的、气质佳的、谈吐不俗的。

他也幻想和她们会有故事发生，但他并不刻意去计划。

他会在女子失恋时充当她的诉苦对象，也希望她说到伤心处扑到他的怀里，临时充当一下她的爱人。

他看似很忙碌，其实却很寂寞。

他真正爱的人始终没有再出现。

所以他才会寂寞。

拼凑生活

在日本，女子的房间可以像万花筒般气象万千，林林总总时尚小物统统被收入闺中，好像有那些亲密爱物陪伴，女子们永远都不会觉得寂寞。

有一个非常优秀的男子，交际广泛，很擅应酬。

古人说五十知天命，而他却是老当益壮。和他同龄的男子大多忙于工作养家，而他由于职场风光，又不必担负老板的压力，便轻松许多。

他重视家庭与子女的教育，也绝不会因为家庭而放弃社交安排。他有时也会疲惫，却停不下外出的脚步。

他会很开心地去参加品餐会，一边尝着美酒佳肴，一边和美女们搭讪，不会介意别人说他是花花公子的调侃。他会帮助她们介绍熟悉的朋友和关系，也想与其中一二交往，但他并不随便，始终都很绅士。

他组织或协力的宴会或派对常有很多朋友参加，大家因他而结缘，所以对他感激有加。因此，他觉得自己把工作与生活安排得很充实。

其实他有一半以上的时间可以留给家庭，但是他没有。并不是他只顾自己玩乐，不在乎妻儿感受，而是他在拼凑生活。

他曾受过很重的情伤，如今的婚姻不是他的理想，妻子也不是至爱，儿女尚未成年，那份内心里的孤寂要去怎样排遣呢？

也许，努力地将生活填满，他会快乐一些吧！

就像马赛克给我们的感官效果。

爱的底气

爱，不仅需要心的付出，还需要底气和自信。

没有后者，结果岌岌可危。

做财经专刊主编的女友C和我聊起了她前不久参加一个晚宴所经历的事。

晚宴上，来自全国各地的嘉宾们相谈甚欢。进入晚餐时段，一个私企负责人携太太坐到了她的邻座。或许是为了更直观地看到她，Z太太又移到了她的对面去坐。

Z先生的朋友向他介绍C的工作，Z先生对其产生了浓厚的兴趣。

女友C美丽高贵，既有能力又魅力十足。我作为女人都会多看她几眼，更何况是异性。而且，在职业领域，他们又有共同的话题。

当Z先生听C说喜欢某个作家的作品时，调侃地说太太也是作家。C十分欣喜地问她写哪些题材的文章。

Z太太十分尴尬地说我不是作家，Z先生说她是坐在家里。

C为自己的单纯与冒昧而自责，但话已出口，便打圆场地说在家里带小孩子多开心呀之类的话。

而漂亮十足的Z太太不自然的表情已完全告诉了别人她并不踏实的心绪。

她顾及自己先生与C说话时的每一个表情与动作，十足在意他对自己的态度，又察言观色地比较着先生对自己和C态度上的远近。

听Z太太说她只读到高中，喜欢写日记，但写不出多少文字，婚后即在家相夫教子。

Z先生说他们的婚姻十分简单，读研后经商多年、大龄未婚的他只想找个能帮他照顾家的妻子就OK，经人介绍认识了小他十一岁的太太，不久即结了婚。

C说他们看起来还不错，但Z先生十分淡定，太太却比较紧张。

爱得淡定轻松，需要底气与自信。

时过境迁

他和她约定见面，因为他要游泳，所以时间定在七点半，晚间。

她吃过饭后去赴约。

他带她去一家日本拉面店，他吃面，她只吃了炸鸡块，喝了一杯温水。

他对她印象很好，她知道他对自己有好感。他的条件很好，她也很欣赏他，没有介意他未把初次见面重视起来。

他也给她打电话，她态度温和有礼貌。

她和女友讲了他们的相识，女友很激动，坚持说这次她应该积极对待。

后来他生病发烧，她女友硬要让她去看看他。

这下，她发现了他的个性与怪癖。

他竟然不开心她送补汤和药给他。她乘电车四十分钟，又乘计程车二十分钟，加到一起，她来回要用两小时在路上，天又是很凉的初春。

他说不愿自己的病容被看到，在小区楼下碰面时一脸不悦，但他不知道这是她女友执意催她做的。

她已不再想和他继续，没有女友的啰嗦，她也许很久后才会了解他这一面，所以十分庆幸这件事很巧地及早发生。

语言上的礼貌与心的疏离没有任何关系，她渐渐不欲和他来往，虽然接他打来的电话时不失礼仪。

在salsa舞厅，当她与男舞伴激情热舞时，偶遇他，很快，他躲起来。

一年后，他又和她联络，虽未明说，她知道他想再续前缘。

可她早已没有任何与他交往的念头了。

菜冷掉，用微波炉加热后再吃，就算还有温度，也早已没了刚刚热气腾腾出锅时的鲜香。

感情也如此，在她对他印象最好的时候，他没有珍惜她对他的好。当时过境迁，他再想起她时，也早已物是人非。

感情不是失物招领。

失联已久，即使找得到她，也无法挽回她的心。

没有安全感的女生

有一个女生，每天过着悠闲自在的生活，购物总要半夜归家，梳妆台摆满名贵化妆品而几近成为销售专柜。她不缺女朋友，不缺男孩子追求，在家有慈爱仁善的继父疼爱，出外有朋友贴心陪伴跟随。可她不羁，时常有些小叛逆心理，又万般依赖他人，却从来不相信任何人。

她说，她不敢恋爱，因为她没有安全感，怕别人将她抛弃。

我笑说，爱情是两情相悦，怎么你小小年纪把它看得好悲观。

她和我讲了自己不为人知的经历。

她妈妈很年轻的时候便嫁给了她开发廊的生父。可是，脾气暴躁的生父对妈妈家暴多次以后，妈妈提出离婚，她跟了生父。妈妈那时才二十五岁，没法带着她闯生活。

妈妈走后，生父的发廊生意也做不下去了，经常拿她发泄。她哭时，就将烟头塞到她喉咙里，结果她至今声音沙哑，每认识新朋友都被问到是否感冒。我想起初识她是在女友的生日宴上，我当时确实也这样问过她，我还劝她多喝水和化橘红，一种橘皮茶，止咳很灵。

她说，六岁那年的某一天，爸爸将她带到麦当劳，她很开心可以吃到馋了好久的汉堡了。她就那么静静地坐在座位上等着爸爸。可是，再也没有见到他，直到现在。

一年后，外婆在孤儿院里找到了她，把她带回家。

她年轻的妈妈辗转数个城市，最后认识了在海外做生意的她现在的继父，浮萍一样的生活终于安定下来。至此，她便与继父和妈妈一起生活。

她的继父对她疼爱有加，视如己出，让她过着公主一样衣食无忧的生活。

可我从来看不到她开怀的笑，她的每个笑容，都只是淡淡的，带着凄伤。

她害怕某个男孩子告诉她，我爱你，我喜欢你，我们恋爱吧！

她总是怕被抛弃，就像小时候被生父丢在麦当劳快餐厅里一样。

她的不安几乎无药可医，那是曾经留在她幼小心灵里的深穴，一生都无法填平。

一个苹果

女友小C和我讲起了自己和男友在国外的生活。

她的男友内向木讷，不多言语，但对她还是体贴关心的，恰恰他们相识在小C与前男友分手后不久。

那是一段十分遗憾的爱情，前男友爱她至极，几乎每周末都要带她到郊外游玩或与朋友聚餐，平日里对她也是关心备至，把她当作掌上明珠。沉浸在爱里的两个人万万未曾想到，当男方的父母从外地来定居以后，便限制他们见面的次数，不高兴看到儿子对准儿媳的好，最后达到了会在电话里质问儿子的行踪、不让他们两个人见面的程度，甚至于儿子因压力所迫生病住院他们都不告诉小C。痛定思痛后，小C与出院不久的前男友平静分手，实属无奈，因为她不希望他过得那样痛苦。

当内心痛苦的小C遇到现在的男友时，极力让自己忘掉旧爱，重新生活。她努力地对他好，让他开心，从而让自己也更开心。

男友爱她，但没有她心思细腻，加上把金钱看得很重，处处节省，在他们到了国外以后便不断有不快发生。

小C买回家的蔬菜新鲜翠绿，男友坚持去买打折甚至甩卖的不新鲜的黄叶蔬菜；小C买水果，男友说她不会过日子，他认为水果是可以不吃的；衣服不让她买当地商场里的，说尽量买私人店里的便宜货，或者从国内带到国外去的服装；他不考虑任何旅游计划；小C洗澡，他嫌浪费水，强调不用天天冲澡；小C刷碗，他在一旁盯着水流，专门负责拧水龙头；男友在国外收入丰厚，却只记得苛刻地省钱、攒钱。

小C说，最后她买水果时只买苹果，每天一个，两个人的份。

因为男友下班晚，她把苹果切成两半，吃一半，留一半。回家时，他怨她买苹果了。

后来她每次吃一半后又气又恨，不想给他留了，心想留给他吃还遭他骂。可转念又不忍心，自己都吃了，不给他一口，良心上做不到，结果吃了一半，再吃剩下那一半的一半，留给他四分之一。

他们性格差异愈来愈明显，男友甚至不高兴她坐地铁去见朋友，连买车票的钱都不舍得。她忍了又忍，给他最后一段时间，幻想他有好转。但她吃苹果时，一口也不给他留了。

她给他留的苹果越来越少，她对他的爱也渐行渐远。

最终，她和他分手了。

我穿这件衣服好看吗

我穿这件衣服好看吗?

这是我们经常问他的一句话。

初识，他会主动找话夸你，表达对你的好感，会说你穿这件衣服很好看。你虽然没有想过去问他，但听了他的话，心里会美出一朵花来。

渐渐熟悉，他会主动带你去逛街购物，让你选自己很喜欢可能又不常穿的衣服，他是为了让你开心，没有压力地将漂亮衣装穿走，他替你买单。这时，他会去选你曾经犹豫多次也未下定决心买下的千元多的色彩淡雅柔和又质地极佳的绒棉长浴袍，让你每晚睡前都想着他，想着他对你的好，想着和他继续交往下去。

你们开始热恋了，每每带你购物，你从试衣间出来时，他的眼光都等在那里，就怕少看你一眼。最后，你发现他无论哪件都说你穿着很漂亮，要全部买走。你又不好意思在热情的销售女生面前和他讲太多，买回去会有那么几件专门负责在衣柜里睡觉的。虽然没有把它们件件穿在身上，但每次打开柜门，你就想起他陪你买的时候那张含笑的脸，你心里很暖，绝不会在每季清理柜子时将它们送人，而是要和你自己冲动之下买回来的衣装区别对待。

也许在婚后，也许你们在一起已经很久，一起购物时的心情已趋于理智消费，他会建议你再看看别的商场别的店，不会因为你穿着很显身材就不在意颜色太明艳，不会不在意你穿衣服很美却不符合你的气质与职业。

有一天你们的感情淡了，甚至几乎没有了，再勉强一起逛街购物，早已不是从前的情形。你会独自试来试去，就算偶尔问他一句，他也是随便应付一句或是不回答你，更有可能那时他的眼光正停留在某个身材凹凸有致的女子身上。你没有不开心，因为你知道要和他散了。

你终于明白，即使是假话，他也只有在爱你的时候说出来。

当他不爱你了，假话都是多余的。

一笑而过

有一对男女，相爱的时候年龄都不算大，而女子比男子成熟一些。

他们在一家中型公司里分别做文案和数据调查，工作都很普通。

女子家境不错，经常带男子到家里吃饭，男子也很乐意去。

她还时常省下买高级化妆品的钱替他购置体面的西装，让他变得越来越精神了。

偶尔，她看到男子从卫生间里出来时拿着手机接电话的神情不太自然，他间或会解释几句某某人一个不知所云的电话而已，虽然她并未问起。

时间过了半年，男子被上司提升到副总经理的职位。

越来越多的女子主动向他搭讪，他也有些飘飘然。

女子对他很迁就，觉得他年轻，渐渐会成熟起来，要给他时间，还是不要对他要求太高。

一个夏夜，狂风暴雨，男子狼狈不堪地回到他们的住处，开始收拾东西。

女子十分惊讶地问他，发生了什么事情。

我不想再和你隐瞒下去了，她怀孕了。

你们认识了多久?

已经两年了，我不能和她分手，她是个孤儿，她叔叔送她到香港读的书。我要接她过来住段时间。

女子顿时一怔，原来自己在这半年的时间里只是一个备胎。

她想起了两个多月前他到香港出差过一周。

男子丢下钥匙，没看她一眼就走了。

他随即换了一间新公司，做了总经理。

一个月后，她生日的早晨，收到快递，一盒鲜美诱人的水果巧克力生日蛋糕。

亲爱的Amay，I love you forever.

她立刻打开冷柜，投了进去。

晚间生日派对，女友们为她热闹庆生。

当大家吃他送的水果蛋糕时，她尝都不尝一口。众女大赞美味，问她谁送的。

她一笑而过，他已经轻到她不愿和人提起他的名字。

失忆的女子

有一个美好的女子，嘴角总是带着微笑，没有人不觉得她很幸福。

其实，她是一个失忆的女子。

她在人生最绚烂的年华里遭遇了一场被欺骗的爱情，待到蕙质兰心的她明了后决意离婚，却遭到家人强烈的反对。同时，双亲亦施压于她，致使从小善良温顺的她为了父母的安危自咽苦水十数年。

苦水熬成毒药，几近饮鸩止渴。

和她同饮这份苦的，还有两个无辜的孩子，因为他们不是爱情的结晶，在他们父亲的眼里，充其量是两个食客。

女子在为自己的命运强烈抗争的那些年早已把泪哭干，但无人能够切身体会她的痛。

言语谨慎的她也曾和少许几个女朋友讲，但谁都劝她为了孩子忍下去。因为谁也不知道她家里的水深火热，无法想象一个葛朗台式的吝啬先生是如何控制太太与儿女的生活的，无法想象她每日被抠门儿的先生责骂时的委屈、沮丧与绝望。

她慢慢学得坚强，她知道谁都帮不了她，除了她自己。

她把眼泪擦干，化好精致的妆，穿上大方的短裙，去见光鲜靓丽的女朋友们，和她们聊着装技巧、哪里有新开的点心屋，要有空一起去尝尝，她忘记了先生每天回家时的那张苦瓜脸。

她去博物馆、画廊看工艺品、名画、古董的展览，像个大学生，忘记了自己是有两个孩子的妈妈。换了别人或许正利用周末带孩子们去公园玩，可先生为了省钱从不许她带孩子去远一点的地方，她又能如何？

晚上，她会在先生和孩子们休息后花两小时时间看书、学习充电。她在电车上背英文，在朋友常邀她参加的中外友好派对上毫无语言障碍。那时她忘记了自己是有先生和孩子的女人，依旧和结婚前一样，每个动作与神情都得体优雅，宛如公主，从没有过一点粗枝大叶。

后来，她进入一家跨国大公司工作。再后来又任过要职，最终嫁给了一个真正爱她又对孩子们视如己出的温暖的男子，从此后母子三人过上了正常的家庭生活。

学会失忆的女子，是智慧的女子。

因为她懂得如何抽身。

只要一张床

从前，我认识一个女子。

她说，两个人结婚，只要一张床就可以了。

她的丈夫对她十分疼爱，经常在她生病时请假陪她，给她熬粥炖汤，再一勺一勺耐心地喂到她口中，才能把心放下做家务。

她柜子里的靓衫不计其数，许多都是丈夫出差时给她买回来的。她说他都不管我喜不喜欢，就买下这么多。带着一点点责怨。

她的眼中，丈夫只是她的大哥哥，关心她，照顾她，全心全意地爱她。

但她并不爱他。

她有一个情人，也是她结婚前中意的人。

那个男子，不被她妈妈认可，因为家境不好。但她觉得他长得帅，她喜欢，虽然他对她的爱薄如纸。

男子是有大学文凭的人，做一份体面的工作，父母在乡下。

他的妻子是个清洁工，我听了有些吃惊。他完全可以找个和自己情形相似的人。

她说他是看好了妻子舅舅的权力，能给他带来好的前程。

男子不爱他的妻子，女子又一直离不开他，两个人就始终保持着情人的关系。她说只要能和他在一起，喝凉水都是甜的。

她至今不理解父母当时对她的阻挠，说丈夫婚前给她买了房子买了车，她也不觉得和他在一起有多么开心。他用丈夫赚的钱给情人买名表、西装，爱看他开心的样子。

我很多年没有再见过她，偶尔会想起她的话。

我不知道她离婚的愿望是否已实现，但无论如何，我不看好她对自己幸福的把握能力。

一个既没有爱又没有自尊的男子竟然可以被她捧到手心里，放着珍惜爱护自己的丈夫不理，说着有一张床就可以和所谓的“相爱”的人结婚。这样的女人，让我无法仰视。

婚姻生活，不是童话，而是爱护、珍惜、感恩、回报等写着“爱”字的磐石垒筑起来的坚固城墙，而不是用风花雪月谱写出的幻想曲。

她向往的所谓的只要一张床的婚姻，不如孤独终老若张爱玲。毕竟，她用自己清苦的时光留下无数令后人乐于阅读的文学作品。

而看似美好得令人向往却虚无缥缈的婚姻则远不及张爱玲那样孤单却充实的独居生活。

一厢情愿追求浪漫的女子，纵有“情人”陪伴，也难逃脱成为他笑柄的命运。

她想拥有的只要一张床的婚姻，只是幻梦。

快乐主宰者

某女主持人在节目中与一位男歌手聊起喜欢什么样的另一半时搞笑地扮了几种楚楚可怜的女孩子，其中有一种黛玉式的泪水涟涟样女子的快乐在很多时候来自于另一半的状态。

曾经，我们认同快乐着你的快乐，痛苦着你的痛苦，忧伤着你的忧伤。

而今，我亦不否认这种情感分享之乐。

当我听完N女子的故事，不禁唏嘘。

多年前，她和现在的先生结婚，因为之前没有共同生活的经历，结婚后才逐渐了解对方。

先生从未提出为她庆生，亦未曾送过她一份生日礼物，给过她一句生日祝福。

说到这里，我们可以知道他们的婚姻状况。

种种原因，她没有离得了婚。虽心有不甘，依旧和先生过着不咸不淡的日子。心里再苦也从不与人诉。

周末打扫好房间，看着头顶蓝蓝的天，她和先生说，一起出门晒晒太阳吧！

像被磁石吸进电脑里的先生头也不抬地甩出一句，就知道出去疯。

她理理头发，换了便装，踩上单车就出发了。太阳晒得她两颊泛红，她拍拍美照，早把先生那句无厘头的话忘到来路的风中。

午夜醒来，她看到冒充洗衣机的先生蹲在地上吃力搓洗衣物的样子，劝他早点休息。先生又扔出一颗大大的炸弹，我不洗，你能洗啊？就知道用洗衣机，败家！

她随口一句，我好有福气啊！嫁了个勤俭持家的好男人，这真是天上掉馅饼啊！怎么砸到了我头上？又爬到被窝里继续香睡。

翌日清晨，她看到阳台上晾着的几件T恤，明显没洗干净。先生已上班，她把它们扔进洗衣机。先生从来不知道自己的衣服总被太太再洗第二遍。

她喜欢和朋友们聊天、喝咖啡、品品特色小店里的菜品、K歌几曲。偶尔也听听音乐会，时常泡在书店或图书馆里半晌，逛街亦是乐在其中。

她像包在糖衣里的苦药，把苦日子过得十足甜美，精神世界亦极其充实。

与她签着一纸婚约的先生几乎未给她带来过一丝快乐，而她，每每笑容灿烂。

快乐，靠自己主宰。

际遇难逃

J小姐貌若天仙，只是身形娇小。她走在街上，就像小学生，因为她只有一米四，这是她的心头恨。

她人很聪明，加上娇俏美丽，亦不乏追求者。

男友从未嫌她身高太低，倒是她执意要男友陪她去做人体增高手术。男友带着鼓鼓的荷包，陪她赴京。

医生将她的双腿截断后让其再长高，男友心痛至极，几度要离开，又不舍抛下她，终等到将她带回家休养了半年。

从此，她有了近一米六身高，自信心增加了很多。

她一如往日地做销售工作，快乐地生活着。

曾经替她担心的朋友们，看到她的幸福，终于放心了。

然而，七年后，我在街上看到了一个长得和她很相像的人，便上前询问。

她目光呆滞地看我笑笑，我们找了间幽静的咖啡厅坐下。

她说自己经常装作不认人，因为心情糟，状态不好，不想让人家看到自己现在这般狼狈，而当年她曾经无限风光。

她变高后，追求者越来越多，谈过很多男朋友，有的是富豪，有的是政府要员，还有外籍商务人士。她还曾经出国一段时间，由于语言不通，又回来了。

她说他们开始时都是爱她的，对她很好。可是，后来就不爱了。她先后跟踪过两个富豪男友携女子入酒店开房，让她抓个正着。

后来，她开始吸毒，用一时的销魂来麻痹自己，便走上了一条不归路。

她说如果重新来过，她不会做增高手术。原来的样子依旧有人爱，他们对她也很好。倒是后来遇上的，发神经似的不断更换女人，年轻貌美的女子永远都是他们身上穿几次就丢掉的白衬衫，倒不如搭不上他们边的平常女子那般可以安心于平实安静的生活。

有时候，际遇难逃，无论你如何挣扎。

若能回到从前，她一定比现在幸福。

贤妻良母

自古到今，无一男子不愿娶到一位贤妻良母式的女子。

我认识的三位不幸女子，都是贤妻良母。

女子A，四十多岁，在家相夫教子多年，是个典型的贤妻良母。为了女儿能身心健康地成长，一直隐忍出轨的丈夫。直到便血后查出肠癌晚期已恶化，她后悔自己为女儿所做的一切。

她说如果我不隐忍，女儿是不会失去母亲的。她的未来我看不到。她才十四岁，没有我，她太可怜。

女子B，未及四十岁，上有将近八十岁的公公，下有十多岁的女儿，天天面对六个不养公公的姑姐指责她种种不孝，还要面对丈夫的随声附和。多年抑郁，终成恶疾，最后查出骨癌，仅三个月便离开人世。

她生前满面恶疮，逢人便诉遇人不淑，自己强忍怨气多年。

她努力地给女儿一个完整的家，却不知道自己能先走。

女子C，三十多岁，家中拮据，但她潜心培养孩子，使得孩子成为奥数天才。她自己省吃俭用，经常用方便面饱腹，省下钱带孩子尝尝汉堡。恶劣的婆媳关系与不给予支持理解的丈夫几近将她推向生活的深渊，在数年的低烧与腹痛之后，她被查出晚期卵巢癌，已经转移到淋巴组织，余生仅一年。

当年她曾考虑离婚，但一想到孩子，就忍住了。

如今，孩子是成了天才，却即将失去母亲。才能与母爱，哪一个更重要？

她那么爱孩子，却无法让孩子得到一生的母爱了。

做个贤妻良母，是否拥有幸福的权利？

爱，不仅仅是付出，还要记得留一些爱给自己。

破碎的心

J男和美丽的妻子有一双可爱的儿女，他的婚姻里没有爱情。他仅仅为了结婚而结婚。

他对公司里的一个女员工心仪已久，随之而来的公司上下的流言蜚语与来自于高级管理层的劝阻让他透不过气来。

因为他的公司有众多股东，大家的言行都会影响他的决策，所以他的感情也为众言所左右。他甚至感到，若是他离婚另娶此女，他的董事长地位也将为他人所替代。

而他心仪的女子是个单亲妈妈，近乎被软禁的生活令她感到窒息。

几个月无法和他见面的痛苦折磨着她，还要苦苦思考自己和孩子的生存问题。公司的工作她已经无法继续，因为她亦是大家的眼中钉。

J男子便介绍她去自己朋友的公司应聘，替她谋求一个工作的机会，她也考虑试试。

J太太十分理解先生的心情，她看到他爱得那么累、那么苦，又受到层层压力，不由地心生怜悯。她默许先生离婚的意愿，只待公司幕僚们认同与许可。

面对夜夜醉酒而归的先生和尚在幼年的一双儿女，愁苦酸楚时常涌上她的心头。孤枕难眠时，她又万般羡慕先生所爱的人，她多么希望自己是那个幸福的女子。

但J男子所爱的女子终因生活窘迫而成了他朋友的女人。

九个月的相思、苦熬，却是无法收拾残局的结果，J在暴风骤雨中哭泣，欲将心中所有的苦向天地尽情诉说。

他早晨回到家中时，太太已经带着孩子离开了。

桌上的白纸上写着：我有男朋友了。

有时候，你拼尽气力去求得一份不属于自己的感情，却最终，破碎了另一颗深爱你的心。

离散的家

我有个小女朋友，独自在某个城市读书。

她读初中时，父母就离婚了。她说爸爸只顾赚钱做生意，不懂得妈妈在想什么。而妈妈心思细腻，不想忍受丈夫的粗枝大叶。

有一次，她爸爸去停车场取车接她和妈妈、妹妹三个人，结果直接从她们面前开过去，竟然开回了自己家的酒店。

很多事情只有多年后才会被解开谜团。

后来她妈妈知道了，离婚前的很多年里，她爸爸都一直有情人，还和情人生了个小女孩。而她爸爸现在又娶了个二十几岁的新妻，也有个孩子，原来的情人依旧没有断，也就是说她的爸爸一共有四个孩子，要养两个老婆和四个孩子。

她知道爸爸工作很辛苦，所以除非生病急用钱，她都不会去打扰他，小小年纪就很心疼爸爸，觉得他也不容易。

她给我看继母骑在她爸爸头上拍的照片，她拍的。她希望和年轻的继母相处得好一些，让她爸爸和继母都开心，她不希望爸爸年老时被继母抛下不管。她知道继母只图他爸爸的钱，天天拿着钱出去玩乐、泡吧，从不像妈妈那样心疼爸爸。但幸好对她先天智障的妹妹还可以。

一个暑假，她告诉我自己无家可归了。

她从不缺钱，不愁吃，不愁穿，怎么会无家可归?

她说同学放假都回家了，她要回爸爸那里住，爸爸却让她住到老房子，就是妈妈那里。

她给妈妈打电话帮她订机票，妈妈说，你别回来了，叔叔住在这儿，不方便。她认识那个叔叔，对她妈妈还不错，比她妈妈年少六岁，也离婚了，很宠爱她妈妈，她也替妈妈高兴。他们两个人都没带着孩子，所以经常潇洒地游走四方。

一个离散的家，破碎了她如此善良的心。

Chapter two

爱了就会活过来

辑 一 ： 我 如 果 爱

爱有种种

旧时代的人，爱到可以惊天地、泣鬼神。在爱情面前，忠贞又决绝，甚至不惜以付出生命为代价。

新近时日的两性关系，生出无数种爱的类型。

爱他这个人，爱他爱你，爱他的名气，爱他的财富，爱他父母的条件，爱他的外形，爱他的那方面。

爱他这个人，包括了爱他的才能、个性、品行、修养、学识、思想境界、性情、生活方式。这种爱多见于学生时代与阅尽千帆过后，常常留给相爱的两个人无数美好的感觉。

爱他爱你，则是接受型的爱，未必相互吸引，若是你也知足常乐，也不失为一种让自己过得踏实而快乐的方式。这种爱多见于涉世未深的女子与被情伤透的人。如果被爱的那个乐意，深爱的那个会无比幸福，他永远不会计较自己的付出。

爱他的名气，是与崇拜、仰慕有连带关系的情感。他有名气，你又有吸引他之处，你们一拍即合。这种爱常常发生在名人圈或小范围的行业领域。若是女子爱上了对方的名气，甚至会屈尊倒追，至于结果如何，一般不会想太多，她很担心别人会抢先把他追到手。

爱他的财富，是基于让自己生活得更好的物质层面上的情感诉求，未必成为他的至爱，未必要他时时陪伴，你也心甘情愿。当他财富尽失，你能否和他一起面对风云变幻的人生?

爱他父母的条件，爱不爱他便不重要，他父母的条件决定了你对他的态度。他的父母倾家荡产，你会愿意风雨同舟吗?

爱他的外形，为他的身材、样貌、着装打扮所吸引，多见于感情经历不多的男女。

爱他的那方面，是很多女子无法自拔的原因之一。

还有可能，前面这些的一二甚至更多。

爱有种种，你的爱情属于哪一种呢?

今天好想去见你

为何今天丽日晴空，我却好想去见你，好想和你相拥在夜色里，听轻涛拍岸，听树叶沙沙。

你总是担心我会着凉，无论是炎炎烈日下，还是午后倚海临风时，或者在冷风习习的夜色里。

我既不聪明又不乖，每次都说不冷不冷，自己都不会疼自己，让你总是牵挂我。其实我真的不冷，但我应该说好冷好冷，你好脱下外套披在我肩头，我的心里会很暖。

你总是担心我不想念你，无论是在我们刚刚见面的第二天，还是在我没有及时回复短信的几小时甚至几分钟里。

其实我真的很在乎你，但我只能把你放在心上，不能因为想你而放弃我的梦想和追求，其实你也不忍我那样，你也是情非得已。

我们没有办法天天见面，因为我们有各自的工作与梦想。那就让每一次相聚都化作一颗钻石，珍藏在只有你我可以开启的时光宝盒里，它璀璨的光芒将照亮我们的余生，即使晦暗的时日也会因它而焕发光彩。

今天好想去见你，天那样蓝，空气好新鲜，风也带着甜味。好想和你在林中漫步，让你找不见我，再看你焦急的样子，而我在隐身处坏坏地偷笑。

不要轻易爱上我

不要轻易爱上我，因为我不知道自己会不会爱上你。

我的爱沸点太高，你十分的爱能换我一分就不错。

我怕你爱上我的美貌，这样我会不自在。我想让自己的皮肤多吸氧，就得闭门不出。因为我绝不素颜出门，那样对人不敬。而你时常想见我，我精心打扮一番后，皮肤会抗议，它疲惫的样子令我于心不忍。我便向它发誓多留些时间给自己。

我并不需要别人太多的夸奖与欣赏，我更爱镜中素颜的自己，亲切、简单，既不娇艳，亦不像女王。

我只是我，一个喜欢独享清静时光的女子，不需要多少爱情。因为我知道，得到后又失去更痛苦，不如这样淡淡守望着岁月，记录流年往事，书写只属于自己的平凡人生。

请不要轻易爱上我，世上风情万种的女子有很多，我只是姹紫嫣红中的一抹绿、一滴晨露。我甘于这样无声无息地生活，有自己书写的日程表，不会为谁更改，也不想去打扰别人。

我就是我，不要轻易爱上我。

继续爱你

我们上个月见的最后一面算是争吵吧?

无论我们能否再继续，我都会选择继续爱你，无论你还爱不爱我，我都依然爱你。

并不是我傻，也不是我痴情，只是这样，我很快乐，也更充实。

我很清楚我的所爱，不是易事，那就还要把你装在心里，记在脑海里，写在纸笔间。

我会渐渐遗忘一些不快，只记得你让我爱的地方。

然后没有计划地等待下一个我能爱的人。也许就在不久后，也许永远也不会。

或许我会和一个很爱很爱我的人结婚，但如果他并不是我的所爱，我依旧一如往昔地爱你。因为有爱才能快乐，有爱才心中拥有暖阳。

这并不妨碍我对他的好，因为我很懂得感恩与珍惜，我会知足惜福，让他生活在幸福里。

爱不是轻易可以培养的，也未必需要两个人才可以进行。

我的爱像古董，一旦被我收藏，就绝不再离弃，无论别人花多少银两换取它们。

我如果爱

我如果爱，他一定是一个心疼我的人。

我永远不是足球场上的前锋，而是在后方负责防卫的守门员。

如果射进来的球足够有力、有技巧，那我让它进了我的大门也心甘情愿。如若这个球毫无力道，我把它揽在手中，再随即抛开。

正如他对我的爱，如果足够忠贞、坚持与付出，我欣然收留；如果只是试探、填空与游离态，我绝对拒收。

我如果爱，他一定是一个温暖的人。

他像寒冬迷途中木屋里的炉火，让我看到奇迹与生的希望。

有他在，我不惧怕狂风暴雨来袭。即使我如一叶小舟漂浮在茫茫无边的大海上，我也相信他可以带我回到遥远的岸边。

我如果爱，他一定是一个有思想的人。

他不会人云亦云，随波逐流，他有自己独立的见解与观点，有自己的梦想与追求。

他也在为了这些而踏踏实实地努力着，不会轻言放弃，不会依据别人对他的判断而行事。

他知道要做一个怎样的自己，明白命运并不掌握在别人的嘴里，而是完全取决于自己的行动。

我如果爱，他一定是一个和我生活方式相似的人。

他懂得顺应天地万物最自然的规律作息，不会昼伏夜出，尽量减少晨昏颠倒的生活。

他知道健康的重要性，不会一时贪欢去做让多少人悔恨一生的事。

他懂得荤素搭配、营养均衡的重要性，不会暴饮暴食地成为酒囊饭袋，他明白吃饭八分饱、穿衣七分暖。

他和我一样喜欢世外桃源的生活，即使无法避开人事，至少心中有一份脱离凡尘的飘逸与洒脱。

他更会热爱运动与旅行，喜欢挥洒汗水后的畅快与周游世界的美妙感觉。

我如果爱，他一定是一个能够帮助我实现自己的梦想与追求或与我彼此鼓舞的人。

他不会束缚我展翅高飞的双翼，让我可以自由地翱翔在梦想的天空。

他又如热气球，引领我上升，让我看到更为广阔的世界。

我和自己有一个约定

我和自己有一个约定：

随时以最好的我迎接上帝为我量身定制的他。

他不来，我怎能不精心备好？

他来了，我更要为他而芬芳。

不对的人，来了又走了。我向他挥挥手，给他最好的祝福，感激他在我生命里留下的美丽足迹和华美乐章，这一路我亦有殷殷的汗水与微笑。

对的人，终将不期而遇，即使让我等得太久，亦不会万分焦急。走过一程程山水，最绝妙的风景，总在令人望而却步的断崖险峰处。我们留存最强的力量，才可将它攀爬超越。

爱，可遇不可求。

不要等到他来了，你却已糟糕到被自己遗忘，那他怎么寻得到你？

不要等到他笑了，你却已沧桑到满面风霜，那他怎么能读得懂你？

不要等到他走了，你再自己安慰自己，他原本就不是为你而来，既然不属于你，你也就没有失去他。

最好不过，他为一方馨香而来，你恰在花草园里迎风向他微笑，以你最美的姿态。

爱情如此不公平

常有女子说，他对某男子细致体贴，多次示好，也无结果，爱情如此不公平。

爱情真的不公平，不是你爱他，他就一定会爱上你，也不是你有魅力，他就会被你吸引。

他若爱你，爱的不仅仅是你这个人的形，还有你的思想，你的生活方式，你的追求，你的梦想。

真的可以调侃一句：他若爱你，即使你的鼻子是歪的，他也看成仙女。

他若不爱，即使你是美丽高贵的公主，也被视作婢女，遭他颐指气使。

不公平又算什么呢？我们从出生开始就不公平。

你去爱他有多累？因为你要等待一个未知的结果，要消磨自己美好的年华。

就等待爱你的人出现吧！

你若恰好爱他，岂不美哉？

你会说哪里知道他何时出现，会不会等很久？

你有那么着急吗？开心地过过自己的小日子，每天收获一点点知识、经验、见解，总算好过苦苦等待一个未知的结果。

当他爱你而你不爱他时，苦由他受。

当你爱他而他不爱你时，你只是自讨苦吃。

我们已经比他们吃了太多的苦，所以，爱情的苦，还是由男人们来受吧！

而且，他们未必都觉得苦，因为男人原本就善于挑战。

当你不再爱他

当你不再爱他，日子其实会很悠闲。

做饭的时候，你不再强求自己照顾他的口味。或许没有他陪你、吻你、替你夹菜、给你喂饭，有一点点不适应，但你依然会吃得开心又可口，因为你知道那是你爱他时的浪漫。当你不再爱他，便不需要那些美好的感觉，你会吃得更简单而营养均衡，既经济又节省时间和能源。

逛街的时候，你不再留心适合他穿的衣服，也不会在意他是否表态你身上的每件衣服合他的眼缘。或许没有他牵你的手，看你从试衣间里出来的美美样子，替你拎着一袋袋的战利品，再慰劳你一顿丰盛的浪漫大餐，你有一点点不习惯。但你会更理性地购物，回家试穿后少有后悔，不用再定期清理衣柜，责怪自己奢侈浪费。

夜深人静的时候，你不再担心他是否疲于应酬、喝多了酒伤身体、酒后驾车会否遇不测，也不用因为要等他回到住处打来报平安的电话而迟迟不肯休息。你可以睡得准时又香甜，第二天醒来神志清醒，容光焕发。

学习或工作的时候，你不再想他的好，不再回忆你们每一次快乐的出游，不再回味他凝视你时脉脉含情的眼神，也不会在脑海中回放他曾说过的每一句甜言蜜语与承诺。当你不再爱他，那些便没有任何意义。你会更专注地学习与工作，心无旁骛。

回复短信的时候，你不再会放下工作或书本、停下自己的计划，也没有了爱他时的那份激动、兴奋和忐忑不安。你发现不再爱他时，你的手机有大半时间可以好好休息了，因为你原本就不是一个手机发烧友，除了和他的联络，你并不是手机不离手，你的日子也就悠闲了。

爱是幸福，爱也是负累。

当爱进入减法公式，你也顺而轻松。

如果你不爱我了

你如此爱我，但会永远都这样吗？

如果你不爱我了，我将会怎样？会像张爱玲一样爱得那么卑微，低到尘埃里去吗？

我不会。

我会把日子过得更好，因为我把陪你的时间又都收了回来。

如果你不爱我了，我工作时会更专心，不会去想今晚碰面的地点、周末和你去哪里游玩。你都不爱我了，我再不好好工作，就成了一无所有的人。

如果你不爱我了，下班以后的时间我就主攻英文了。我要让自己的口语越来越流利，听力越来越棒。再有朋友给我介绍英国男朋友，没准儿我生命中还会有一段异国恋情呢。总之，英文是我不停学习的对象。有了它，我可以独自走遍世界的每一个角落，那种感觉想起来真的好美妙。

如果你不爱我了，我便会有更多的时间独自感受生活，看自己喜欢的经典大片，与影像交流，我的心会更沉静，我对内容的记忆会更深刻，我的领悟也会更透彻。最后我更会发现，没有你爱我，我是有多么的自由而闲适。

如果你不爱我了，最不开心的那一段时间我会去旅行，一个人。我会发现，就算你不爱我，阳光依旧灿烂，草木依旧丰美，花儿依旧向我微笑。什么都没有变，唯有你的心变了，你放弃了和我同享美好人生的权利和拥抱幸福的资格，而它即将为别人所拥有，你有多么的可惜。

如果你不爱我了，我又可以做一件你不太愿意我做的事：跳salsa。那是最可以消耗我卡路里的运动，可是为了你，我忍痛割爱。爱与束缚同在，你已不再爱我，我也可以做自己想做的事了。

如果你不爱我了，我去参加派对时便是孤单一人，我的孤单换来的将是更多的热情、关心与照顾。会有殷勤的男子向我主动搭讪，细心的人替我夹菜填汤，我依旧享受着女王一样的待遇。而很久以来，这些事情，你都不再为我去做。你习惯了我们在一起的日子，早已忘记了追我时的重重险关。

如果你不爱我了，我必须自己爱自己，就当自己原本没有被你爱过。

西装上的胸帕

当你和他相爱，而他已婚，你单身，你永远是他西装上的胸帕。

无论他如何爱你，你都十足落寞。

当清晨的第一线阳光照在你粉红的脸颊上，你对他的爱还在，他却在别人的怀抱里，就算他对她少了几分热情，至少还有温暖，而你却被冷清与孤独包围。

当你逛街逛到商场快要打烊，脚都快累掉，恨不得赤足归家时，你拿起手机想让他开车来接你，却一下想起前男友轻而易举能做到的事，他永远都无法做到。他没可能在深夜特地出门，只为送你回家。而街上人那么多，计程车又少，你一手打伞，另一只手举着大包小包，吃力地打手势。你追不到车，最后竟然在雨中等了一个小时才回到家。

你发誓再也不要爱上已婚的男子，他能给你的确实太少。

当你有不开心的事，想和他一吐为快时，他说晚上要给太太庆生，改天再陪你。你一个人打着小小的雨伞，一直在雨里走到车少人稀，滴米未进。自己的不开心和他没法陪你的不开心加到一起，你一点吃东西的想法都没有了。

你可能会安慰一下自己正好可以瘦一下了，但心里还是不甘心在憧憬着美好世界的青春岁月里被消磨成接受一切无奈现实的成熟女子。你本可以有爱你的人陪着去一家特色小店，哪怕尝一口最新创意的彩色拉面。话说完了，你的心里也就亮了。

苦水和烦恼哪能等他有空再去诉，那要男朋友做什么？

情人节、圣诞节、他的生日里，他都不在你身边。最后，你的爱情也燃成了灰。

其实，对于不是单身的他而言，你只是他西装上的胸帕，为他原本安稳的生活锦上添花。

分手的理由

两个人相爱，并不需要太多的理由。缘分？情投意合？好像并不能完全说得清。

两个人分手，却有千万种理由，甚至令人百思不得其解。

A男说女友没有她妈妈漂亮，做的饭菜也不香，其实她十足美丽，而且烹饪水平绝对不差。

B男告诉妈妈他和女友动了手，她便要求分手，结果他被妈妈责怪了很久。妈妈还去向他女友的妈妈诚恳道歉，却不知道是儿子女朋友有了新欢才将他儿子换掉。

C男希望女友理解他的心情，前一段婚姻伤他很重，他还没有走出阴影，需要一个人静一段时间。

D男对女友说他们不合适，可他们已经在一起十一年了，早已将关系打磨得圆圆满满。

其实，理由真的不重要。既然要分手，再好的理由也改变不了无奈的结局。

但是，他的理由可以让你怀念他、感激他、无视他或淡忘他。

A男的自卑不言而喻，所以女友虽然抓狂，仍平静地选择淡忘他。她知道一个自卑的男人会将她束缚得很紧，以致最后窒息。姑且当他是生命中的一个过客，总归不能用自己的不优秀和不美丽来换一份爱情。

B男是个孝顺的儿子，也是个很理智的人，他不想母亲伤心、责怨女友，就把事因都揽到了自己身上。所以，分手多年后，女友依旧感激他。

C男对这段感情并不满意，又不想伤害女友，才说得含蓄，令女友在和他分手后依旧会心有希冀，不至于伤心绝望。因为他知道独自疗伤的痛，希望女友怀念他们曾经的爱情。

D男的分手理由苍白无力，只能说他实在是再也找不到什么托辞提分手了。他应该是厌倦了风平浪静的二人世界，准备挑战下一个高难项目吧！女友不无视他才怪。

原来不想或不能在一起了就是分手的理由。可是谁都想把理由给粉饰一番，用他们的性格和处事方式。

红颜祸水

听一个朋友说起男性对女性“红颜祸水”的评价。

事情起于一位男子的婚外情。

多年前，他千方百计地追到一位年轻女子，待后来女子爱上了她，“逼婚”未成，离他而去，从此音信全无。身为富商的这位男子从此不近女色，认定了极其漂亮的女子都是“红颜祸水”。

“祸”并不是起于这位“红颜”，又怎能定义此女是“祸水”？如果他不竭力追求献殷勤，女子又怎能爱上他？女子爱上了他，自然也认定他是爱她才去追求她的，“逼婚”是情到深处的忘我状态，离他而去也是看透了他的自私吧！这世上鱼与熊掌都能兼得的美事怎会那么容易？

极其优秀又貌美的年轻女子遭遇已婚成功男子的追求，多半在潜意识里会认为他已经不再爱自己的妻子，应该是已经有了离婚的想法，或者是因为认识了自己他便想选择一位比妻子更优秀出众的女子再续姻缘，而并非一些男子主观臆断的那种物质占有欲。

相反，男子反倒是动机并不纯粹的。他们多半是希望享受着稳定美满的家庭幸福的同时，又拥有令自己青春再次焕发的来自于妙龄女子的激情吧！这样，女子处境便很难堪，当然走为上策。

“红颜”并非“祸水”，“祸”来自于私念。

曾经爱过的两个人

曾经爱过的两个人，某一天偶遇，会是怎样的情形?

第一种可能：

男子遇到轻挽丈夫臂腕的女子，看到她一脸的幸福，而刚刚他才和女友唇枪舌剑一番，决意分手。这种场面对他的刺激不亚于股市大跌，他会有久久的内心挣扎。但在相遇的那刻，他不会停下脚步，只会远远地目送他们离去，或是与女子目光交错，彼此看到对方眼中余存的思念与留恋，但又看似轻淡，如风掠过发梢。

第二种可能：

在百人派对上，他们又看到彼此，却若无其事地伪装自己过得很好，又忍不住在只言片语间打探对方的近况。他们会留意对方身边的异性，观察他对每个人的态度差别，努力地想知道自己还有否可能和他再续前缘，更万般祈愿他会穿过交纵的人群走到自己的身边，轻轻在你耳边说他最爱的是你。你的心又会起波澜，立刻就忘记了之前的不欢而散。

第三种可能：

在女友带女子参加的单身聚会上再次遇到男子，他看到风姿绰约的她，喜出望外，溢于言表。他向她示好，并真心提出重新交往。女子发现男子比往日成熟有品了，也多了几分沧桑，她也希望再给自己一个机会，而不仅仅是因为他的改变。毕竟他们分开时没有埋怨彼此，只是当时还没有感悟到对方的好，就像书架上的书，某日翻开来再看，却发现自己竟然爱不释手，后悔当初买回来时仅仅简单浏览一下即置之于无人问津的角落。

第四种可能：

是谁都不希望发生的，即两人依旧心存怨恨，形同陌路。

第五种可能：

也最悲凉，他们都来日无多，彼此怜惜，叹旧情难忘，又怅然于当下的病痛之苦。

每一对男女，相爱时都感觉美好。

爱过以后，却有不同的交集。

失恋零纪录

一个失恋次数为零的女子，会是怎样的女子呢?

她应该可爱、有智慧，又十分洒脱。

青春悸动的年龄，她必是为人所爱，又能及时抽身，从不粘腻柔情，怀有自己的人生目标，并有标准地选择恋爱对象。当最初的热恋消退，她不会让爱成为一种习惯，而是能够及时抽离出自己的身心，将那一段情划上一个句点。

这样的女子沉着冷静，非寻常男子可以掌控。

走入职场竞争状态的女子，在情感上未必趋于成熟，可以做到零失恋的，必是独立而坚强的魅力女性。她经济独立，便不必依靠一段爱情来为人所供养；她坚强，便会在己势贫弱之时主动退出；她有魅力，所以对自己未来的爱情信心十足。

离婚过后的女子，依旧有零失恋的优势。她永视未来，心怀希望。她在曾经不理想的婚姻里吸取更多的经验教训，不会轻率地投入到一段感情里而让自己无法自拔，却更会以迅雷不及掩耳之势离开那个和她不合适的人，让自己不受一点伤害。她明白，受伤害源于对一个人太多无谓的付出却没有得到自己期许的爱。

老年甚或暮年后的女子，历经半个世纪人生的风风雨雨，早已把爱看得云淡风轻。不是遇到自己十分中意又合适的人，根本不会投入到一段爱情里。所以，若是遇上了她可心的人，她一定会和他美满幸福地共度余生。就算两个人有一天不在一起了，也未必是失恋，而只是一种双方达成的共识而已。

你害怕失恋的痛苦吗?

不要怕，因为——

失恋可以做到零纪录。

只是我们女子们需要努力才能达标。

失恋自救术

失恋不可怕，无非是两个人一起走完一段路，又各自走向更远的前方。

如果你无法面对情感变故，就试试这几个“法术”：

第一种，“背景转移术”。

有私家飞机的乘私家飞机，有游艇的驾游艇，实在不行的骑山地车也未尝不可，以最快速度离开你生活的环境，找个自己向往的地方。你突然会发觉，世界好大好美，你要探知的一切远远比这一段过往重要得多。

第二种，“情感转移术”。

跟同样关爱弱势群体的朋友一起到贫困地区献爱心，体会他们的艰辛困苦，那种无奈远比失恋带给你的情感暂时空缺更难摆脱。

当你离开那里重返自己所在的生活环境，便会用对现状的满足感将痛苦的记忆冲散殆尽。

而且，因为你与当地建立的联系会继续保持，你的责任感将变得愈加强烈，也许一生都不会把某一段失败的恋情看得很重。你明白自己有很多要为国家和社会做的事，无论能力大小，而不要沉溺在小情小爱的世界诸事不做。

第三种，“望梅止渴术”。

带爸爸妈妈去拍一直没拍的艺术写真或补拍他们的结婚照，看他们幸福的样子，你也开心。

或者去探望久未谋面的爷爷奶奶、外公外婆，看他们白头相守的美好，你也会为自己祈愿遗传到这些家族“幸福基因”。

第四种，“自我惩罚术”。

工作之余找一份兼职，最好是超市的搬运等很累的零工，让自己疲劳困顿，忙到根本无暇想起失恋的痛。收工回家，一头钻进浴室，冲出来就睡到第二天鸟鸣。你不会因思念而夜夜不眠，省了安眠药。

以上四种失恋自救术人人管用，任取其一，准保生效。

生活

生活是什么?

一半是进行曲，一半是回忆。

进行曲可以是恋爱，也可以是求学，还可以是创业，更可以是幸福。当然，痛苦也未尝不可。

因为发生过，所以要在余下的人生里回忆，甚至有些时候，回忆的时间远多于进行的过程。

若想要回忆的时候快乐而幸福，就要努力将进行的过程描摹得美好。

恋爱时，就要去爱一个正能量的彼此喜欢的人。回忆时，就会觉得那段时光美好而充实，因为大家都有成长，即使爱情不再来，也有彼此鼓舞收获到的丰硕果实。多年后回望岁月的淡影，依旧能在脸颊笑出漩涡来。

求学时，就要不耻下问，拼命地吸取各种知识。待到耄耋之年，往昔如一本书，被页页翻起时，字里行间都写满钻石般璀璨莹亮的汗水，那份回忆甜如甘饴。

创业时，就要勇于拼搏，直面失败，努力将勤加缘运用到极致。某一天，独自悠闲地窝在沙发里，听一段古典音乐，读一本清淡小书，曾经的自己会被突然回放到天花板上，像一部微电影，段段精彩，又剪辑利落。

而幸福与痛苦，是掺杂在种种进行曲中的一份感受而已。苦乐参半的人生才不会令我们迷失自己，正如咖啡加了糖，提神又怡情。

一个人的快乐

有时候，一个人也很快乐，甚至比两个人更快乐。

一个人下午茶，可以静静尝着新上市的紫薯蛋糕、慢慢翻一本小说、专心写一段文字，不言不语，让时光随着悠扬的慢爵士跃动，再渐行渐远。

一个人逛街，可以一早出发，午间轻食，下午继续战斗，午夜灯火阑珊时，满载而归。华裳五彩斑斓，不为谁犹豫，不为谁欣喜，只为我独欢。然后美美冲上一个热水澡，再准备一大盘新鲜水果宵夜后，做个甜甜的梦，一觉到天亮。

一个人旅行，沿途美景尽收眼底，留在记忆深处，写在字里行间。没有同行的伴儿，没有谈笑风生，可以想清楚很多一直让自己困惑的事情。在静思中净化心尘，重饰心屋。

一个人生活，不会有父母催促早归的电话，也不会被他担心驻足何处。关爱与束缚同在，自由地生活，自己爱自己。

一个人煮饭，只备小小的量，摆在精致的碗碟里，全程像是在创作一件件工艺品，不用担心美丽的食物是否可口，不喜厚味，便可清淡小食。赏心悦目，品兴浓浓。

一个人外食，匆忙的快餐，或是悠然享受着法式大餐，让辛苦行走的双脚小憩片刻。很惬意，很随性，甚至可以让它们透透气，不必担心自己的淑女形象。

一个人去蹦迪，跳到曲终人散，不沾滴酒，挥汗如雨，独自狂欢。听着美美的夸赞，向搭讪的人儿轻轻挥手。飘飘然归家，香香睡去，第二日的自己真的美丽极了。

一个人的快乐，只有独自生活的人懂得。

辑二：往事不回首，你也别回头

分手的风度

爱你的男子被你提出分手时，有几种不同的样子。

第一种，选择自杀。

小B的男友十分宠爱她，每每各种节日都自嘲节奴，给她买来各种礼物，带她去各色餐厅品尝美食，恨不能把她捧到天上。但是小B还是爱上了别人，终是没有和他修成正果。当小B决定分手和另一个男子闪电结婚时，他冲向餐厅的玻璃窗狠狠撞去。血流如注的他被紧急送医，嘴里还念着：小B，不要和我分手。

第二种，选择毁容。

早年的报纸登载过潘平毁容案，当时人们闻所未闻。而今，此类分手后男方报复女方的事时有发生。你不依我，我便绝你前程。我不能拥有你，别人也休想得到一个完整的你。你让我不开心，我让你生不如死。被泼硫酸、被割掉耳朵的女子余生难度，这段情害她痛苦万分，从此背上沉重的疾病与经济负担。

第三种，选择陌路。

F小姐的新婚丈夫爱她至深，以至于她几时回家、几时到公司都得向其一一汇报，做不到就要被怀疑她和别的男子约会、喝下午茶。最后，窒息至极的她提出离婚，除非一个月的时间内他能有好转。

一个月的时间到了，他非但未改，还会在她回家的路上跟踪、夺她正在接听的电话。F小姐毫不犹豫地和他离了婚。第二天，他对她形同陌路。

第四种，选择祝福。

H小姐和男友相爱多年，琴瑟和谐。到最后，她迟疑了很久，告诉他想到国外发展。因为她知道男友父母病重，需要他的照顾，孝顺的他不可能随她同去。男友也很了解她的性格，支持她的想法，并祝福她一切顺利而如意。后来，他们各自结婚，有了自己的家庭，依旧保持联络。那份爱始终就未曾消失，反而愈加醇香而永恒。

爱过，就曾拥有过，那段时光终是快乐的。

女子或许容易任性，但一个男子在分手时的态度，绝对体现了他的修养与精神境界。

分手亦要有风度，说不定她想着你这么好，回过头来再找你。

被动

如果在一段爱情里，你很被动，你还会继续吗？

如果是我，我不会继续。

被动，就说明你紧张他而不是他紧张你。

你要苦等他的电话，盼望他的短信，期待他和你的约会，担心他的行踪。

你也许某些方面非他理想，身高、长相、职业、家境、年龄，如此种种。

你也许太高攀他而有些卑微，甚至放下小姐的高贵姿态，屈尊自己为他做这做那却听不到他的感谢，看不到他一个微笑。

我去爱这样一个人又有何意义？放着那么多积极热情真心对我的人不理，守着一个冷板凳？他的名誉、地位、财富又于我何干？

他都不爱我，要他的这些做什么？

女子的被动永远换不来最终的幸福，因为从来没有一个男子会因为感动或依赖而爱上一个女子，就算是有，也是一时之念，不会长久。等到这份感动变得麻木，变得不再有感动，那爱也消失到云层里。而依赖也随着他的强大而渐渐不被需要，所谓的爱更化作迷雾，去无影踪。

多年前女工辛苦赚钱供大学生男友读书的故事想必大家耳熟能详，当她送走完成学业的男友时该是多么辛酸凄凉，她吃的苦，换来他的毕业证书、他的美好前程。但她的苦，已不再被他需要，他离开了。多年后他们终是两个世界上的人，男子再不好也至少能靠脑力谋份养家糊口的工作，女工再好也只是靠体力吃饭的工人，她当初为他付出的一切是为了他能给自己一个更好的未来，结果却没有给自己换来一分幸福。或许当初，男子在心里还会有一丝的蔑视与嘲笑，笑她的傻，笑她的执著和天真，他不会去想如何在未来给她更大的幸福。否则，他又怎么会无情地离开她？

过来人都讲，爱情里的主动永远不要是女人。

是的，被动地爱，苦海无边。

寻找爱情

一个前辈兴奋地讲起他替几个三十几岁的单身女子想出来的寻找男友攻略。

大体一听，几乎和自我推荐找工作没什么两样。

他的男性思维，让我哭笑不得。哪有女子拿着名片到处和人家换，要男子和她单独见面聊聊的？就算那样做了，就会有效果吗？

倒追的女子我见过很多，即使是风光嫁了，轻松的又有几个？

别说幸福到老，就是能一起过到老都很吃力。

爱情里的主动永远不要是你。

你主动了，就说明他并不把你看重，他还有他认为重要的选择。

一个被男人拼尽力气追的女子，都未必能得到幸福，更何况他并不重视的。

如果在年方二八，小女生青春懵懂的时候，那份可爱与天真或许会引起一个男子的注意甚至是给他一种新的感觉，可若是你已足够有阅历，再去倒追一个男子，你都不配自己的这段艰辛历程。

你的阅历原本就是一张王牌，它让你成熟、优雅、有内涵，让年轻可爱的女子望尘莫及，让年长的女性朋友们赞赏有加，有眼光的男人，随时会主动向你展开爱情攻势，哪里需要你再去自我推荐呢？

初中、高中甚至于大学时代，我们怀着少女的梦，期待自己的白马王子出现。就算不出现，也会幻想某某男子会像童话故事里的王子那样把你变成公主，让你过上无忧无虑的生活。

当我们渐渐长大，才终于明白：爱情的幸福不是谁能轻易给予我们的，它完全来自于自己的努力。美貌换不来，因为它不能恒久；金钱也买不来，因为它不是商品；学历换不来，因为那仅仅是猎头公司看重的。唯有你的磁场可以把那个能给予你爱的幸福的人吸引过来。

临渊羡鱼，不如退而结网。

与其怀着热情积极主动地去寻找爱情，不如安静地把磁场搭牢。

岁月知道

爱情和婚姻都是赌注。

输了，体无完肤。

赢了，盆满钵满。

而幸福与否，只有岁月知道。

两情相悦的一开始，又有谁知道来路上会否有坎坷与不平？大家都希望相处得很好，却无法预料以后的时日是阴还是晴。

多年前一个美丽温顺的日本女子将家暴的富豪丈夫杀死，自己蹲了监狱，谁会知道她出嫁时的风光体面？还有那时她所受到的万般宠爱。

只有岁月知道她所经历的一切，也只有岁月可以说她是个不幸的女人。

爱情、婚姻是赌注，个人的发展方向、人生规划又何尝不是？

曾有一个志当存高远的女子，为了到国外发展，嫁给了自己不爱的人，又为了赚更多的钱，挑战自己的能力极限改行。两年后，得绝症离世。曾经她被多少在国外打拼的年轻人所传扬甚至崇拜，曾经她用羸弱的身躯支撑起父母的双肩，供妹妹读大学，曾经她有多少不眠之夜孤灯苦读，曾经她失去多少年轻女子的可爱与娇嗲只知吃苦耐劳。

只有岁月知道，她的选择是错误的。而刚开始，她是多么有成就感地踏上了异国的土地。她哪里知道自己还在高危病房里被特护时，门外的丈夫正在网上和公婆介绍的女子视频相亲。

也只有岁月知道，她是个苦命的女子，来到人间短短三十几载便匆匆离开。

贫与富孰轻孰重？

大多数人会说是富重要。

那也只有岁月知道。

一个朋友的父母早年供职政府，实权在握。后来她的父亲离职投身商海，创办了几个大公司。向阳花木易为春，加上她的母亲在公检法部门任要职，诸多蒙荫，公司生意很好，但后来却渐趋惨淡。昨夏突闻她父亲肝癌晚期的噩耗，虽是做了手术，也不可能变回正常人。她的家族曾经辉煌过，如今阴霾一片，毕竟父亲是顶梁柱，他倒下，几乎家里就塌了半边天。

也只有岁月知道他父亲当初离职的选择是对还是错。

过分的宽容

许多男子希望找到宽容的妻子，这其中也有潜台词。

曾经有一位男性友人讲起他的一个大哥，情人无数，太太还从来不介意。甚至，他把年轻的女子带回家去，太太还借由出门了。

他的那位大哥在财力上曾经叱咤一方风云，有着呼风唤雨之力。

他逢人便夸太太宽容大度、贤惠温顺。

年轻的男性朋友们意欲效仿而恨自己囊中羞涩。

在他们看来，拥有财力便可换来家庭地位，从而使得妻子顺从他的意愿，任他花心。

结果是，集团实力不断缩水，十年时间仅余一分。

我们试想一下，他的妻子如果是身价6.4亿美元的香港富华国际集团董事长陈丽华呢？那位内地最富有的女企业家会宽容大度地任他大显神通吗？

不会的，只因他的妻子奈何不了他，她实力薄弱而又不觉醒。她觉得，离开他过得会更糟糕，才忍下这口气。苦着脸地忍很没风度，也有失面子，不如彻底笑对。

而在他大哥看来，妻子有着贤惠温顺的好性格。可是他却不知道，妻子的心里在流血，伤口只有自己在暗地里偷偷舔拭。

有人说，她或许为了儿女才这样。

差矣！子女看到母亲如此卑微地活着，会形成怎样的价值观呢？如若真是为了子女身心健康地成长，就应该离开用情不专的丈夫，给孩子们寻个人格健全的慈父，而不必在乎血缘关系有多么重要。他虽然是孩子的亲生父亲，却不知道自己应该成为孩子们的榜样，她把他换掉又何妨？

过分的宽容，是无能，或者不觉醒。

那是受伤的翅膀最无力的挣扎，气若游丝。

离婚就是要改正答案

做错了题，被老师打出叉叉，我们可以重新思考，将正确答案做出来。

选择有差，情感变故，我们可以收回爱情，再和合适的人谈恋爱。

浓情蜜意时走进婚姻的殿堂相许白头，却中途生变，我们当然也可以换一个人嫁。

既然是同样的性质，离婚是没有错的。

痛苦和幸福一样，叠加之后便倍增。如果有了无法将婚姻进行下去的原因，停留在一张纸上的关系又有何意义？

相对于那些顾虑重重、担心前路更苦的女子而言，直面现实、冷静走出婚姻的同性才更为积极。

有勇气做出这个选择的女子是自信、乐观、斩钉截铁的，她不需要依仗一段婚姻来过活，无论未来如何，至少她勇于一个人面对人生的风风雨雨。

杨澜说，嫁得不好，离了，再嫁。简单淡定的八个字，多少女子却只有仰望她的幸福而不能坚决地迈出这一步。

错题一定要改，为什么错误的婚姻就不能果断处理呢？

也许父母亲的压力不可小觑，但不是当事人的他们担心的是结果，却不能深切地体会过程中的每个细节，真正的心灵感受别人永远无法去体悟，更不可能替你的不幸买单，那又有什么权力和资格阻止你调转前行的方向呢？

父母和子女是我们人生旅途上的同行者，我们驾错了方向，他们也同样看不到目的地绝美的风景，我们驶入坦途，他们才会惊喜地瞭望另一片广阔天地。

你做错题，别人有代劳帮你改正答案的权力吗？

除了你自己，无人可以替代。

嫁入豪门的出路

听闻很多嫁入豪门的女子幽怨悲苦的遭遇，有同情，亦有沉思。

一入豪门深似海，说的是门第差别给女子带来的悲凉命运。

而现今，嫁入豪门并不意味着有落差的人生。

之前，你或许家境优越，或许学识广博，或许受人瞩目，或许能力非凡。如此种种，依旧不是获得幸福的筹码。

过去的一切终究只是一个足印，而你正在向前迈进的脚步，才是人生路上的希望。

多少女子，幻想豪门的荣光、奢华的生活、体面的身份。

多少女子，觅得如意郎君，如愿走入豪门生活。

多少女子，褪去生就的卑俗平庸，华丽转身，成为众人瞩目的焦点。

又有多少女子，自此寂寞相佐，一世落泪梦成空。

但看新人笑，哪知旧人哭？

其实，嫁给凡民和入得豪门又有多大差别？

女子终究要嫁作人妇，又何惧一入豪门深似海？

有缘随你爱的人过上不可企及的生活，并不代表你多么物质，只是，你恰巧被一个背景非凡的人爱上，而你又正好也爱他。

你因他，过上令人艳羡的生活。反之，你也要付出比别的女子更多的智慧与耐心，才能长久地拥有这份令人艳羡的幸福。

嫁入豪门，只有两条出路。

你若碌碌无为，只能任他八仙过海；

你若足够优秀，便会助他不断辉煌。

除去这两条，别无他途。

爱如烟花

夏夜里的烟花，璀璨夺目，每一年都给人们带来惊喜。

烟花的美，在于转瞬即逝，永远无法拥有，只在记忆的深处留存那一刻绽放的永恒。

有些爱，亦如烟花。爱得轰轰烈烈，爱得浓情蜜意，却草草收场，了无痕迹。

风起水动，波纹有痕；爱生心动，记忆有痕。

纵使一切归于平静，万物回到原点，那曾经有过的一切，又怎么能全部抹去?

未曾经历过刻骨铭心的爱，其实也是一种遗憾。

都说平平淡淡是最真。而轰轰烈烈，亦是真情所动，爱的那刻，没有一丝假情假意。浓情蜜意时，更是怎样的彼此依赖?

爱如烟花，也有温度，即使不爱时变成常温，也曾收获过暖意绕身的感觉。

未曾经历过这些，怎么知道爱、深爱、深深的爱？如何区分，终是不小的难题。

爱如烟花，美在短暂，即使最终一切了无痕，也曾拥有过悸动忐忑的时刻。

未曾经历过这些，怎么知道美好、难忘、刻骨铭心？怎样辨别，终是不易作注解。

爱如烟花，每个人都应该让爱绽放一回。

学会拒绝

学会拒绝，我们可以留给自己更多生活、思维的时间与空间，从而做更多对身心有益的事。

拒绝亲友们勉强撮合的相亲，便会少伤害一个无辜的人。哪怕独自去看一场电影，也不要让光阴消磨在彼此陌生又尴尬的气氛里。

拒绝多情男子的馈赠，便排除一次落入情网的危险。天下没有免费的午餐，他投之以桃，必欲抱之以李。

拒绝已婚男性朋友一起喝杯咖啡的邀约，便少一种可能成为他的婚外情对象。日久生情是自然而然的事，已婚的男子除此方法，又怎能找机会和你单独接触？

拒绝临睡前的电话，便可以按时规律地入眠。长此以往，睡眠质量出奇地好，无论身体发肤，还是精力情绪，都会焕发无限活力。

拒绝突如其来的邀请，平静如水地按照自己的计划行事，便会多几分从容与安宁。活得轻松，才能体会到快乐，有量而无质地生活，必会击垮我们的身心。

拒绝无意义的加班，周末的时间留给父母、爱人和孩子，工作是为了让我们有可以愉快生活的保障，而不是让自己成为疯狂旋转的机器，那样充其量只是活着而已。

拒绝可去可拒的应酬。我们可以留给自己和家人的时间并不多，为何不把发条上得松一点?

拒绝他人过多的阻挠和质疑，有梦想就要努力去追求，哪能任由别人来安排和劝慰？你飞不到万里高空，没有人会向你检讨，曾经有一天，他把你的翅膀生生折断。

拒绝你不爱的人，他才有机会遇到真正爱他的人。这也是你对他不同寻常的爱，而不是伤害。如若勉强接受他，只会让其一时欢欣而余生寂寞。

拒绝虚拟的世界，留时间给现实生活中的亲朋好友共聚。我们在虚拟的世界里永远完美，而只有朝夕相处的家人和朋友才真正地喜欢与包容我们所有的优点与缺点，那才是我们应该珍惜的真实生活。

而无论拒绝什么，也不要拒绝投入地去爱。

有爱，生活才有阳光。

神奇的Sunglass

一个闺蜜夜半跑来和我哭诉她又看错了人，辛辛苦苦、真心真意地对待一个人，拒绝了公司安排的周末加班陪他远游，拒绝了阳光帅气男生的追求，沉浸在他的深邃中。原来却是他感情的中转站。

他失恋已久，元气难恢复。曾经爱得太深，结果无法自拔。

遇到了我可爱热情的闺蜜，他并不反感，却没有多少热情。

涉世未深的小女生，终难判断他的想法，只要能开心地陪在他身边，便以为是一种平淡无奇的爱情，亦觉得很温暖。

直到他有了新的感情，不再需要她的陪伴，闺蜜才恍然大悟。

看她哭得红肿的双眼，我突然想要一样神奇的东西。

看得清人心的Sunglass。

戴上它，闺蜜可以懂得他的心，少受一份伤，省下数月的时光独自过快乐的日子。

有了它，人心可以很容易被看清楚，再周密的伪装也不起一点作用。久而久之，人们也便不再去伪装自己、欺骗别人，因为再多的伪饰亦是徒劳，终究会被人看得明明白白，何不真心实意地对待他人？

那样我们大家都会活得十足轻松。

反倒是，拼力伪饰的人在戴上神奇太阳镜的人眼中将变成滑稽可笑的小丑，本以为自己表演得十足精彩，却不知被人看穿。

在这种神奇的Sunglass问世之前，我们只有不断地练就一双火眼金睛，学着去看懂人心。

只可惜，或许有一天学会了，我们的心也老去了。

爱得太累

香港女星丁佩谈起与李小龙合拍电影时的那段旧情，深有感触地说，我最不愿等他的电话，真的很累。

其实，爱得很累是深爱中的男女之间的一大困惑。

他爱你至深时，找不到你会担心你是否不爱他，是否还有更优秀的追求者，他会像得了忧郁症似地惶恐、自卑、心中忐忑不安，即使他有着常人难以具备的优势，在你面前也依旧会自信全无。

你几分钟不回短信，他会坐立不安。几小时没有消息，他会不停地看着手机，甚至对你们的未来产生绝望。

如果他告诉你这些心情，你便可以完全确定他对你的这份感情是真的，即使你无法凭借他这种态度设想未来他对你是否能够持之以恒地爱，但至少，现在你对他很重要，他也值得你去珍惜，而你们的未来则靠双方的共同努力与呵护去构筑。

你看他爱你太累，或许觉得他给你小小的压力，却也得到了十足的安全感。

他的累，传递给你的终究是一份满满的幸福。

而如果是你觉得累，和他或许就没有蓝图可以描画了。

他去应酬不和你打招呼，结束后又不告诉你之后去了哪里，你们不在一起时他不向你电话或短信道晚安。他开会一天，而直至凌晨你也没有他的一点消息，你按捺不住焦急的情绪而茶饭不思，那种苦楚真的是难以排遣。即使有闺蜜对你万般劝解也无济于事，因为你心中不安，你怕失去他。而若是他事后向你解释喝多了，或是很晚都在工作、谈事情，你只能说——没什么，只是担心你不安全，从而将此事淡化过去。可是，心有余悸是必然的。

我们宁愿被一个男子爱得很累，也不需要一个不在乎自己的玩伴。

而没有很强心理承受能力与绝对自我优势的女子，亦不要轻易挑战功成名就的爱人。

爱是习惯

喜欢上一个人，你会让他的影踪无时无刻不出现在自己的生活里。

清晨起床后，一个人时最慵懒的你睁开眼就会打开手机，看他有否问候。

他问候了，你心中自然欢喜，说明他心里是有你的。他还没有问候，你会有企盼，不舍得因做他事而误了收到问候的同时马上回应给他你的情绪，让他知道你心里也是有他的。

等待、回应、回味，让鸟鸣露香的晨色中多几许浪漫气息，你便带着这份欢喜甜甜地迈出家门，暖融得一天时间里都有美丽心情。

午餐品饭香，你依旧要和他互动，拍美食照片、制作、处理得精美绝伦，再激动不已地发送给他，似乎做这一套功课的过程远比吃到嘴里的饭菜还要令自己兴奋。分享永远是我们表达喜欢与爱的方式之一。

只要有空闲，你永远由不得自己用手指刷屏更新他的消息，开心着他的关心，幸福着他的挂念，醉在甜蜜的情话里。

即使晚上加班，你亦会时常在脑海中出现他的影像，你们的浪漫出游、暖暖相拥、温情对视、忘我热吻。你如翻看爱不释手的新版时尚杂志，每一次回味都带着深深的留恋而不愿抹去，怕它们在光阴里挥散成了无痕迹的尘埃，多年后再回首，具象的记忆已经不复存在。

而当他不再和你热络，或你不再喜欢他，一切便戛然而止。爱情苟且继续，喜欢的心尚有余温，却永远不会再有沸点，你突然发现自己有那么多的时间属于曾经心怀忐忑得几近高考冲刺的自己。

原来，爱是一种习惯，让他走进你的生活里、思念里、回忆里。

当爱与喜欢少了，淡了，不复存在了，他也就不再会占据你的生活、思念与回忆。你又回到一个人的原始状态，终于有时间可以陪伴自己，依旧惬意。

他对你的爱

一个人在成年后所面临的最大烦恼是什么呢?

我认为是两性情感问题，无论恋爱或结婚。

恋爱时，陪在你身边的那个人会影响你一段时间，几个月或几年，甚至更长时间。或喜或忧，或愁或恼，你的很多时间或事情都和他有着密不可分的联系。而婚姻里，他则要伴你很久甚或一生。

他若是和你惺惺相惜、琴瑟和谐，那无论是在工作领域，还是生活范畴内，你们都有共同的话题，甚至拥有共同的事业。他作为陪在你身边的伴，像一团火，冷时给你温暖，累时给你看向未来的光明，想放弃时给你继续下去的能量，失败时给你绝处逢生的希望。

他若是爱你比你爱他更深，你也一样幸福甚至幸运。一个被男人浅浅爱的女子永远不知道和他的爱可以走多远，她付出再多的爱甚至金钱也很难换到一个男人对她死心塌地的爱。相反，深爱她的那个人却绝对可以让她安于被浓情包围的生活里，因为女人对爱的诠释里有惜缘惜福的自知之明，日久渐深，终会深爱他或者习惯于被他呵护疼爱。

而如果，他对你的爱是零，你却爱他，你永远是为他付出的人。

若他正处事业发展的初期，他欣然接受你为他所做的一切，因为他需要你，无论是精神层面的爱与鼓励还是经济层面上的支持或扶助；若他已到达事业发展的巅峰，他不会屑于一个自己不爱的女人为他所做的一切，而是需要一个他乐于一起分享成功快意的人；若他的事业已由辉煌走向下坡，他亦不需要你。因为他已经历过繁华风景，更明白自己需要怎样的人共度人生，他一定会选择一个和他彼此相爱的人伴他走完余生。你的付出会换来他对你的感激与信任，但绝对换不到他对你的爱。

说来或许有些凄伤，在爱情里，女人，似乎很难“有志者事竟成”。

奢侈的愿望

我从不期盼美梦定成真，亦不幻想往日会重现。

那么神奇！你出现在我的生命里。

圆满可爱的脸庞、简洁帅气的发型、笑起来时一弯新月似的温暖唇廓、宽厚的肩膀、有力的步伐、轻缓的语速、沉静的目光、温和的神情……

一切都是曾经的再现，我无法说服自己不去相信奇迹。

中三时，我遗落过一本厚厚的日记本，里面写满了童年的记忆。再也找不到它时，我哭了整整一周，似是一个空心人。

那时的我，还不懂得爱情。

长大后，我遭遇了一场刻骨铭心的爱情。而人世间，没有什么比死别更令人痛惜。甚至，我曾想过会有什么办法可以将一个人永远留在人间。即使没有脉搏，即使没有喘息，只要能陪在我身边就好。

或许是上天安排，抑或是命中注定，我们一同空降，恍惚中感受到彼此身上奇幻美妙的力量，不停牵引着你我走向更远的前方。

原本，我心如止水的生活平静无波，我亦尽守这份淡香恬然以对。

却突然，我们彼此遭遇，让我见证了世间真的存在奇迹，那种快意无法用语言去表述。

然而，最孤单不过于，相聚后的落寞，思念浮荡在房间里的每一个日子，都失去了光鲜的颜色。

好想你我突然出现在彼此眼前，暂且抛开繁忙的工作。

这，算不算是奢侈的愿望?

自恋是一件幸福的事

我有一个女朋友，看上去满艳丽，谁都不晓得她几岁，我也遵从国际习惯从不探听。

我看得到她脸上岁月的痕迹，而且经年已久，但并不觉得有碍观瞻，却在看多了被肉毒素绷紧了的一张张年轻面容后更爱看她那灿烂如烟花绽放般的笑靥，很舒服，又亲切。

她是一个十分爱美的女子，如果脸色难看、觉没睡饱，宁愿爽约，足不出户地调养容颜，誓死捍卫自己的美丽。

一次在外就餐，稍远处一对声音如雷的夫妇引起了我们的注意，他们说话时的语气仿佛吵架，又似乎只是语言习惯而已。女友告诉我不要看他们，“难看的人，你看了也会心情不好，一点点也变丑了。长得漂亮的人，心里也很美”。我想笑，但忍住了。

还有一次，她带我见一个三年失联的男性朋友。在餐厅里一见面，人还未坐定，便急切地问对方："强哥，三年不见你看我有没有变老？"挺立的睫毛眨来眨去，双目圆睁，等待着那位男性朋友的回答，好不可爱。我又想笑，还是忍住了。

"没有变老，没有变老，还是和三年前一样年轻漂亮。"

没有一个人会回答"你变老了"。

她并不知道自己爱上了自己。

自恋是一件非常幸福的事。

没有他爱，自己的也足够。

若有他爱，顺而倍增。

辑 三 ： 可 惜 ， 你 我 中 间 人 来 人 往

口味、品味与品位

有时你爱一个人，并不是他有多好，只是他合你的品味。

就像一道菜，未必多有营养，但合你的口味。

而书籍阅读和文学、艺术鉴赏水准，则源于文化品位。

有人会说，为何斯文儒雅的男子爱上的女子未必是大家闺秀呢？

他给人的外观印象譬如外貌和气质来自于遗传、修饰、审美观、教养等诸多因素，而喜欢什么样的女子则完全取决于个人生活品味，甚而至于文化品位。

所以，不被一个男子所爱，并不表明你不好，你没必要一蹶不振。

冷暖自知的女子从不会介意自己不为人所爱。她会让自己过得很好，每天都打扮美美地出门，心情愉悦地融入社交圈子，充满期待地完成一次次旅行，不断探索与发现美妙未知的世界，与书做伴，向岁月微笑。与其等着别人来爱，不如自己爱自己。

又有人问，前任个个都平淡无奇的男子，依然不会爱上极其优秀的女子，而他真的十分出色，那他到底是有什么样的品味和品位呢？

答案很简单，他并不知道自己需要一个多面手，时动时静、时而高调、时而内敛的女子，在人前能给他风光，在人后又能激起他无限保护欲。他的品位近乎交响乐，不是心性普通的女子可以轻易挑战。

吃菜偶尔一尝，不代表真正的口味；一两次约会几个低品女子，也不能说明一个男子的品味不出凡；开几个黄色玩笑更不能验证一个人没有文化品位。

不去品尝大排档的麻辣刺激，又哪里知道夜色光影里，浪漫钢琴曲陪伴下西式餐点的风雅韵致？

不感受一下下街女子的放浪矫情，又怎么会知道轻音软语的柔润甘醇？

不饱览群书、广涉艺术，具备区分良莠之力，又何以提升自己为一个有文化品位的人？

饮食口味、生活品味和文化品位，都从比较中得来而后提升。

那个让你不安的男人

一生中，每个女子都会遭遇一个让她不安的男人，甚至更多。

或许他很帅，你会担心他被别的女人追求或献媚，最终离你而去。

或许他有超出常人的才能，是众女子崇拜的对象，即使他到了揭不开锅的窘境，亦有欲从你手中将他夺走的女子。

或许他十足有魅力，又懂得女人的心。你惶惶不可终日，生怕他因留恋花丛而冷落了你。

或许他是一个成功者，自然有诸多接触和认识优秀女性的机会，你怕自己的才能与样貌，无法与她们对他的吸引力抗衡而最终败下阵来。

或许他很富有，欲博得他欢心的女子很多，你在他身边没有一丝安全感，总感觉他对你的爱不知道哪一天就烟消云散。

让你不安的男人，是不必留恋的。

他的帅，他的才能，他的魅力，他的成功，他的财富，都只属于他自己，一丝一毫也不属于你。

而爱情里，真正属于你的，只有他对你的好，和他让你越来越好。

帅的男子，愈爱你愈内敛。

有才能的男性，不会轻率地收留别的女子的崇拜。

魅力男人更是可以把你们的爱情经营得风生水起，同时又收获友情。

真正成功的男士则往往冷静理性，他懂得区分爱与诱惑。

或许你会说，富有的男人最令人不安。但恰恰，励精图治成巨富的男子，最懂得一个女子是否真的爱他。

所以，遇到真心爱人，他更会倍加珍惜，如获至宝。

思念里的笑

有一种爱，是两情相悦。

因为彼此是对方一直想寻找的那个人，所以深深地喜欢。

即使各有各忙，也会在思念他时笑涡浮现，而不会担心他瞬间从你的世界里消失，闪恋上刚刚结识的女子或旧爱复燃。

因为相互吸引，便在心中有一种踏实的存在感，你会为了他而努力保有一颗快乐的心，认真为自己煲汤，美美喝下，准时入眠。

待到相见那刻，你精神十足的样子会让他放下心，不担忧你独自一人时有否好好休息，或是吃得营养不够。

能遇到和自己两情相悦的人，是一件十分不容易的事。

仅仅四个字，却涉及你和他志向相近、兴趣相似、性格相合、生活方式和消费理念相同等很多方面，并不是有些人认为的他爱你、你也爱他那么简单。

当相爱的两个人因为不同的人生价值观而分开，彼此都会得到解脱。因为你爱他，便接受不了他与你在梦想与追求上的分歧，可谓来自异途的两个人相遇在生命旅程中的一个点上，然后再各自继续沿着来路的方向前行。这样的他，仅仅是你生命中的过客。所以，志向是两情相悦的稳定剂。

而你和他的爱情里若是少了相近的兴致与情趣甚至品位，就没有了长久保鲜的可能，最终相视如敌都未必不会有。我们可以说兴趣是两情相悦的保鲜剂吗？

性格，可以说是两情相悦的润滑剂吧。没有和谐的性格，两个相爱的人在一起时永远都是痛并快乐着，当痛苦远远超过快乐时，这段恋曲便告一段落。

那么，是否可以说生活方式与消费理念是两情相悦的保温剂呢？

一个夜夜歌舞升平、把酒言欢的爱人就算再爱你，你能接受他的日夜颠倒与不醉不归吗？肯定不能。

而若他是一个葛朗台式的吝啬之徒，带你逛街或旅行时因为某样东西比别处稍贵一点点便不愿买下，你那时又充满了期待，你还怎么去感受他对你的爱？他若对你慷慨大度又体贴，知你所好所需所愿，你又怎么能不长久地依恋他？

同样，假如你一心扑在工作或自己的社交圈里，不给予他陪伴、关心和照顾，他又会多么的失望与孤独？

而如果你总是寄望他为自己倾力付出，却连一份生日礼物都不为他精心准备，那他最终会怀疑你的人格和对他爱的真伪。

以上四点都接近的两情相悦的爱人，彼此思念时，脸颊上永远挂着恬静的笑。而相聚时，那种温热的感觉最是怡人。

狗妻猫妾

良妻如狗，忠实一生。

刁妾似猫，乖张顽劣。

擅玩魔法幻术的男子，狗妻猫妾兼有。

无论他多晚归家，太太都要为他留一盏灯。即使他一身酒气地瘫倒在昂贵的水牛皮地毯上，再用嘴画上一幅立体的七彩地图，她亦不会作恶心状，轻轻将他拽起，再把千斤顶般沉重的先生扶上床，替他盖好被子，用热毛巾拭净其嘴边残留的污物、额头上的汗珠，再熄灭灯盏让他安睡。

多么忠实贤惠的妻子！对他无怨无悔，从嫁给他的第一天起，就发誓终其一生，照料好他的一切。

不管夏暑冬寒，晴日雨天，太太留意他出门前的每一套装束，生怕他着凉或受热，反复掂量着每一件衣裤的薄厚，仔细琢磨着每一种搭配的适合度，生怕先生的着装为形象减分。

每一碟菜，每一份汤，太太计量着卡路里的含量，丝毫不放松对他健康的关注，一定要努力通过食疗帮他把血压降下来，绝不要他的脂肪肝向纤维化发展。

他真的娶了一个如狗般忠实于自己的妻子，永远的免费保姆，而且远比保姆尽心尽责。

他的刁妾呢？

半晌惺忪醒来，下午泡泡玫瑰浴，香气扑鼻地与他烛光晚餐，等着他拥揽轻抚，含情双眸下的神秘一笑会让他醉倒不归。良宵过后，他不舍娇颜，更欲带着这袭香气离去。

她的刁蛮，她的任性，都是可爱，是青春，是有活力，全都令他欢喜。

狗妻猫妾，喜欢玩魔术的男子一个都不想少。

深情相拥

不是每一对恋人都可以深情相拥。

因为有的爱很淡，很牵强，浮若游丝，而有的却很浓，很深沉，固若金汤。

能够深情相拥的，都是彼此深爱的人。

他们抑或在懵懂岁月里相互为对方青春的容颜与外形深深迷恋，抑或于成熟年龄时期彼此被另一半的学识、志趣、才能、素质、涵养所吸引而惺惺相惜，抑或是暮年夕阳时光中，一起回望这一世光阴里的沧桑变故与世事纷扰后彼此的陪伴与依赖。

当春日里的第一道霞光弥漫住西藏草原上宁静绝美的天，牛羊若黑白鹅卵石般点缀在巨幅绿色绒毯上，一对白发老人剪纸般深情相拥的身影被推放进这美如幻境的特写镜头里，胶片定格后的效果图会令多少观者感怀?

而夏季台场彩虹大桥上的闪亮夜光与水中艳影交相辉映，为凭海临风处的一对深情相视拥抱的恋人陪衬出一幅浓重神秘的背景，让他们无比渴望时间停留在这一刻，永不再续。幻想如梦，却为彼此珍重的人带来瞬间的企盼。

秋日枫红叶黄，缤纷一夏即将在华美绽放后谢幕，一对新婚夫妇深情相拥着走进这凄伤图景中。满怀于心的，却是寄望幸福来日的热情。秋日奏响的乐章成为他们婚礼进行曲的续篇，壮阔恢宏。

冬雪覆盖的幽幽山谷间，凛冽的寒风亦阻挡不住两颗青春火热的心，一对高中男女生深情相拥的画面为时光雕刻出一帖明丽清新的彩色套印版画，岁月将永远记住他们青春靓丽的容颜和激情洋溢的笑。

深情相拥，是相爱的人在纷繁人世间的相互信任与依赖，亦是情到深处时希望彼此拥有的真情意。

夜归的女子

时常走在午夜的街头，看灯影迷离，看路人匆匆。

夜归的女子，如七彩瓶中的各色石子，装饰着寂静冷清的夜。

穿着嗒嗒响的高跟鞋匆忙走在路上的华服贵妇人，如幽兰般从我身边飘过。她朝我微微一笑，毫不在意眼角会挤出岁月的痕迹，那份自信与从容令人仰视。

脚蹬厚底防水台恨天高、手中拖着拉杆箱的金发萝莉一定刚刚逛街归来。虽然她的脚步有些疲惫，收获颇丰的欣喜却溢满脸庞。

停在角落里对镜自视的女生或许刚刚与男友告别，看到自己脸上依旧完好的妆容，便不会因担心被他看到窘相而沮丧，确认了自己是很美的，便回味着他的热吻一路奔回家中。

刚刚结束加班的女子最是匆忙，一颗焦急疲惫的心早就想飞回小窝。若是两脚累到痛，她们会换上备好的平底鞋，加速度地冲进家门。

浓脂厚粉的菲国夜莺亦时常出现在午夜归路上。她们的脸上有悲苦，亦有放浪，更有无望，还很空洞。

令我最为心酸的是：几个满面风霜的拾垃圾老妈妈，银丝随风飞散，她们那被褴褛衣衫包裹住的羸弱身躯几近低落到尘埃里。

夜归的女子，有喜，有悲，又有痛，亦有伤。

有她们的夜，是现代版的清明上河图。

想你

不觉已是夜里十一时，喧吵的秋季一日就这样无声无息地过去，有些百无聊赖，又稍觉时间的脚步太匆匆。

昨日在偌大的公园游玩了一整天，盼周遭的风景冲淡我想你的心绪。

可是，独自的旅人并不适合游者众多的地方。

他们的热络，我的孤单，永远的红黑对比。

今天的我，依旧盼你提早回来，紧紧抱着我，深情地吻我。

好想让时间为我们停留，哪怕变成一座雕像，亦永远为人们所仰视。

仰视我们彼此爱慕的心和为爱守候的勇气。

好喜欢看你孩子一样可爱的笑，虽然它鲜少绽放在你安静的脸颊。偶尔漾开，映在忆起你的甜梦里，亦甘醇如怡。

好喜欢你将我紧拥入怀的浓浓深吻，令我在没有你陪伴的时光里亦有回味，仿佛你从未离开。

好喜欢你时常在我耳边的轻言低语，那些声音比风吟叶鸣更亲切又温馨。好想将他们刻成唱片，用古老的留声机播放，耄耋之年，我们促膝再听，该有多美!

好喜欢你轻轻地牵着我的手，走过夏夜轻风海岸，跨过树下草从斜坡，手心里的暖一直都留在我掌间。

突然，又好担心你的安危，我们会不会再也见不到?

不敢再想下去，亲爱的，我只愿你一切都好。

苦日子也能过得甜蜜

有读者问：如果你是三十岁的男人，是娶六十岁的富婆呢？还是娶二十二岁刚大学毕业但一贫如洗的学生？前提是你也穷。

我的回答是：

如果我是一个三十岁的男人，也穷，我既不会娶六十岁的富婆，也未必会娶二十二岁刚大学毕业的一贫如洗的女学生。

因为我认为，婚姻是建立在爱情与物质基础之上的。

没有爱的婚姻，如履薄冰。没有物质基础的婚姻，举步维艰。

除非有极其特殊的偶然发生，我不会爱上一位六十岁的富婆。我说的偶然包括，一起在野外求生时产生了彼此欣赏和爱慕的情感，加上生死与共的相互依赖感，令我想陪她度余生而不舍得和她分开；她虽实际年龄长我一倍，但视觉年龄与心态都与我接近，她在我眼中的魅力无人可敌，我们又有着频繁接触的机会，她亦爱我，令我欲罢不能。如此种种。

在没有偶然发生的自然状态下，六十岁的富婆一定不会同意嫁给我，因为她知道我只图她的钱财，并非爱她本人。

而在二十二岁的毕业不久的女大学生眼里，我亦没有任何优势取悦她，她或许更希望嫁给一位比她年龄稍长、有一定经济基础的男子，而不会选择比她年长八岁又没有良好物质条件的我结婚。就算同甘共苦，她选择我，不如选择一个同龄男子，那样她不会有心理不平衡，同样都是刚刚踏入社会，一起打拼，相互爱慕，苦日子也能过得甜蜜。

作为一个有志青年，我有很大的可能和一位我欣赏爱慕的、与我年龄相当、情趣相投的女子做朋友，如沐春风。我在努力创业，对她也关爱有加，让她看到我的个人提升与对她的付出，待到水到渠成，抱得美人归。

耳听爱情

男人说很喜欢你，若是你的世界不留他，他会很悲伤。

他和别的女子也会说同样的话。

你愿意和他交往，给他让你了解的机会，他感激不已。或许他是喜欢你，但还谈不上爱。

男人说想带你旅行，那里有多美。

你听听就好，不必多欢喜。

等到启程的那一刻，你再抿抿嘴。

男人说他的朋友们说你多美多美，你为他赚足面子。

那就代表他多爱你？一笑而过吧！

他取出婚戒求你收下的那刻，再感动也不晚。

男人说：要不我给你买个……

他就是说说。

真要买给你，就直接带你去了。要么就是买好了送你，只为看你惊喜的样子，快乐着你的快乐。

男人说和你相见恨晚，他的身边已经有了另一半，早一点遇到你该多好。

你权当没听到。

若他真恨遇你太晚，一定娶你，无论要付出多少辛苦。

爱到深处，情非得已。

不停说喜欢你的男人大谈爱情是不含任何杂质的。那是他的潜台词。

他想说爱情和物质无关，我只想和你谈情、做爱，你千万别想我在你身上花一分钱。

真爱你的男子，一定会为你花钱，而且你越花他的钱，花得越多，他越安心。

因为他知道你不爱的人为你花钱，你是一定要拒绝的。他们连给你花钱的机会都没有。

耳听爱情，不适于物质富足的现在。

仅用语言表达出来的所谓爱，是某个男子对你的性欲望。

现代人间爱情，是主观精神层面上的爱恋与客观物质或经济层面上的给予和付出。

男人也爱做梦

童话故事里都讲灰姑娘遇上她的白马王子，最终成为美丽的公主。

而如今，女子们大多知道那只是编出来的动听故事而已。

其实，爱做梦的并不只是女人，反倒是某些男人的梦做得更美。

D男经济稍强，嫌妻不够婀娜温良，便动念寻意中人。

寻不到，郁郁寡欢；寻得到，其女郁郁。

有几个真情女子甘愿扰人家庭，放着大把的优质单身男子不选，而宁愿被人说三道四？

不满婚姻现状又不欲离婚的男人大体有三种情况：

其一，经济尚未稳固，又吝惜金钱，希望遇上一个不识人间烟火的单身女子。

其二，欲留下防守阵地，以备受伤或玩累后有家可归。

其三，不想因离婚影响自己在社会上的公众人物形象。

D男的情况属于前两者。

好美的梦啊！只是谁帮他去圆？

这个女子需要多么的伟大？她要真心爱他，不介意他对自己有否付出，还要体谅他工作的辛苦，关心他的身体健康，不能在他回家后给他发信息，也别想因他为自己买什么贵重的礼物而惊喜。他只要她爱他，也允许他爱她，包括她的身体。

她是他梦里的女神，伟大而无私，奉献给他自己作为女人的所有，却不索取任何。

他说不会误她嫁人，直到她有了肯为其离开他的人为止，他不想失去她。

他看似并不贪婪。

但是，他可以一心两用，而她哪里做得到？

他忘了。他无法给她未来，而她却将为他葬送自己的前程、名誉、人格、道德底线。

因为，她一定要是个真情女子。非此，他不会爱上她。也正因此，她会内心挣扎，郁郁寡欢。

若她牺牲了自己的快乐，他美梦成真。

若她最终决绝离去，他亦无任何损失，因为他并未为她付出什么。而她，会为自己当初违心的举动而自责、内疚甚至悔恨一生。

爱的房子

你可知道澳大利亚沙漠地带一小部分外来采矿的居民们住处何样?

你会相信他们住在沙漠底下吗?而用于呼吸的空气仅来自于一个通到地面的微型烟囱似的小排气管。

走进室内,满眼童话世界里的神奇:一个个被挖成圆形的洞,连接扩展成宽敞舒适的家。

尽管家什齐备,紧跟时尚与科技潮流,看似令观者羡慕,可你一定难以想象习惯了生活在地上,每一天可以呼吸新鲜空气的生活的我们,若是好奇地去那里探险旅行,几周过后,会否如出发前一般容颜光彩?

我一定会蔫儿着回来,即使能收获奇趣轶闻。

因为我在那里的每一个夜晚都会有窒息感。

暗处的爱亦如此，永远无法给予你阳光般的活力与心胸坦荡的幸福感。

或许你情非得已，被一个有家室的男人爱上，你又十足喜欢他，明知苦有多深，亦难了断。待情到深处，你无法在家人团聚的时候和他分享节日的快乐，无法在晨时醒来那刻被他热烈的唇叫醒，无法在生病、住院时等来他的陪伴甚至仅仅一个问候的电话，你还认为他的爱带给你多少幸福了吗？

或许你旧情难忘，面对刻板木讷又毫无生活情趣的丈夫几欲离开，但由于诸多原因，你和他依旧不能撕掉一纸婚书。当你与前男友再见，悔恨彼此在轻狂岁月里那无疾而终的爱情，欲再续前缘。却不知，曾经属于你们的幸福已变得卑微至极，你和他将爱得小心翼翼，紧张度日的生活你会开心吗？

或许……还会有种种可能。

但无论如何，爱情也需要一所阳光通透的房子。

给爱一个光明的容身之地，它不可以苟且偷生在令人窒息的阴暗角落。

爱是人生里的一门功课

今晚有朋友说最近每次看到我发朋友圈，除了菜谱，就是做饭，今天发了个不同的，感觉很是新鲜。

或许，大家才是幸福的。

因为长期离家在外的缘故，在我看来，可以每日陪伴在父母身边，为爸妈煮饭扫屋是无比幸福的事。因为即使我有时间与打算，若是身在异国他乡，这些琐碎都完全无能为力。

我也只有在长久的别离后浓缩这段可以陪伴父母的时间，希望不错过每一餐饭、每一次帮妈妈擦净方向盘上的汗渍、每一晚催夜读的父亲早点休息。

或许拥有的，我们很难感受到它们的宝贵。而无以把握的，我们却更想把它抓在手中。

父母儿女的亲情如此，男男女女的爱情又何尝不是这样？

人与人之间，从相识、熟悉、热络、淡漠、别离、忘记，几秒间可以书写完的十二个字，连接成凄伤的抛物线。

有没有一种爱，两个人没有交集，却一直相互关注，一路同行，长长久久，直至生命的尽头？

终要好过由远及近，至零距离，再彻底疏离的伤心历程。

若平行同路，便留一份真。若有缘交集，则执一捧暖。

没有人会拒绝被爱，亦没有人会一味地付出。

寻求爱、懂得爱、收留爱、珍惜爱、修补爱，把爱作为人生里的一门功课，最终，我们收获到的远远不止于爱与被爱的幸福，还有理解、敬重与感恩。

晚安各位，愿爱的天使飞进你美妙奇幻的梦中，伴你甜笑。

因为爱，所以离开

有些爱，情非得已。

有些别离，充满无奈。

似秋日飘飞的落叶，别无选择地离开夏的繁华。

因为还有更远的未来，这一季，让我们封存好所有的记忆，启程去到下一个站口。

或许会在孤灯品茗时有水样液体滑落双颊，或许将于雨季小巷里千回百转，忆起关于你的点点滴滴。

我知道，你也依旧会如我想念你这般地想念我。

因为爱，所以离开。

只有离开，我们才能拥有遥望目的地绝美风光的畅快与欢愉。

只有离开，你才会心无旁骛地行走天涯，我也得以思若静湖地厚积薄发。

原本，爱有许多方式。

彼此拥有、暖暖守护、两两相望、决绝离开、各自天涯……

因为爱过，所以从未离开。

谁可以抹去风中深情相拥的那个夏夜里的回忆，谁又能擦干你泪花点点告别时的忧伤双眸？

爱，从不会离开。

即使他在天堂，而你在人间；

即使他已启程去向遥远的地方，而你依旧在渡口伫立；

即使他儿孙满堂，而你白发如雪；

即使他音信全无，而你似乎忘记了曾经。

然而，因为爱过，所以我们从未离开过彼此。

舞中的思念

热爱舞蹈的人都是积极阳光的。

民族风情浓郁的Bachata舞曲响起，酒吧里的那位男性常客又拥住一个女子慢摇。

他始终是一种舞步，从未换过。他的手也一直围在女子的腰部，不肯松开。可是双目无神，十指无力。

他一定未曾学习过舞步，也一定不是个舞蹈爱好者，他来做何?

他又邀了一个活泼的女舞者跳，她已注意他很久，为何每次都是魂不守舍的样子。因为好奇，才会和他跳上一曲。

他被她问得流下一行泪，原来他的未婚妻去了美国，不会回来了。

女舞者再看看他，少有的帅气，却六神无主，已不会引起别人的任何注意了。

还有一个小男生，顶多十八九岁，每次都要邀上一位中年女性，也仅仅是拥着她，都会惹对方怜爱。因为他面容清秀，颇像女孩子，五官漂亮得不得了。

有人知道他一直在找妈妈，她已经离开他六年了。妈妈非常爱他，他长得酷似妈妈。美丽的妈妈为了他忍受暴力倾向的爸爸十几年，后来离婚时，他的爸爸为了逼她回来复婚，坚决要儿子随自己生活。

可是，妈妈在澳洲的朋友帮她找了合适的人，她嫁到了大洋彼岸。

有人舞中狂欢，有人舞中燃情。他们两个，是在舞中思念。

有你在，是很美好的事

如果有你在，该多好。那样我们就可以相互支撑在初春傍晚的寂静电脑前。你倦然偎成一团，蜷在微凉提神的电脑椅上，描摹种种效果。几颗温湿泪滴，如同珍珠坠落，悄然滑过象牙白壁。

如果有你在，该多好。那样我们就能一同忙碌在炎夏午夜的凌乱人台前。我回头莞尔一笑，望着你光洁晶亮的宽阔额际，摇曳闪闪珠光。几颗稀疏痘痕，亦如星光流散，悦然洒落和田玉盘。

如果有你在，该多好。那样我们就能缓缓聊天在深秋午后的暖暖树荫下。你悄然空降眼前，坐在我已熟睡多时的木色石椅上，形容各色案例。几句甜柔闽语，宛如蜜瓜入口，欣然流入我期待已久的双耳。

如果有你在，该多好。那样我们便会携手同行在冷冬凌晨的阳光归路上。你探身奋然兴起，塞进那肉味飘香的街巷粥店，补偿早已咕咕作响的胃。几绺柔润发丝，仿若柳枝微扬，怡然轻荡盈盈静湖。

如果有你在，该多好啊！有你在，是很美好的事！

平实的生活

近几年，平实的日子渐渐为生活在都市钢筋混凝土里的人们所热望。

华灯初上时，似乎一切的喧嚣与热闹都随着城市的节奏而到来。而平实的生活，或许只属于可以在怡然的状态下生活的人们。

他们无论贫富，都有一份从容淡然的心性。胜不骄，败不馁，华服裹身亦不会低视贫弱，淡汤饱腹亦未必自惭形秽。一盅酒，几壶茶，些许文字，可以三五成欢，畅聊笑谈半晌，让光阴在琵琶古曲里缓缓消磨，留一份馨香在心田。

幼稚园时代，平实的生活是晨间乘坐园车，午间同小伙伴们美美地吃中餐，晚饭过后又随园车欣喜返家，吃吃水果零食，玩玩电子游戏，看看儿童节目，再洗个澡甜甜睡去。

小学时代，平实的生活是早上在爸妈关爱的目光里吃下牛奶荷包蛋，轻松愉快的学校生活，晚餐时和爸爸妈妈谈笑着品味汤浓饭香。

中学时代，平实的生活是朝阳里和爸爸的挥汗晨练，学校里的有趣课程，放学后独自伏案成书虫，和梦里甜甜的笑。

而高考前夕，似乎没有一天不是精神紧张，平实的生活仅仅是幻梦。

随即，我们走进大学校园，在梦寐以求的文化圣殿里继续源源不绝地吸取知识与智慧。一本书，一支笔，一罐温开水，整整一个下午，一个人泡在偌大而安静的图书馆里，平实的生活又重现。

而如今，作为社会人，上班、好友三五小聚、周末家庭晚餐、独自远足作画、忙碌时偷闲写下心语、忧伤时好书淡茶相佐，亦平实而恬淡。

平实安然的生活是拉紧发条的现代人紧张社交场外的舒适大床。

爬上床，疲累尽消。

起床后，全心投入。

图书在版编目（CIP）数据

爱就是我们一桌两人三餐四季 / 赵若涵著. — 南京：江苏凤凰文艺出版社，2017.5

ISBN 978-7-5399-9524-3

Ⅰ. ①爱… Ⅱ. ①赵… Ⅲ. ①散文集－中国－当代 Ⅳ. ①I267

中国版本图书馆CIP数据核字(2016)第175694号

书　　名	爱就是我们一桌两人三餐四季
作　　者	赵若涵
出版统筹	黄小初　周亚林
出 品 人	崔　佳
责任编辑	姚　丽
特约策划	李　格　刘会艳
责任监制	刘　巍　江伟明
出版发行	凤凰出版传媒股份有限公司 江苏凤凰文艺出版社
出版社地址	南京市中央路165号，邮编：210009
出版社网址	http://www.jswenyi.com
经　　销	凤凰出版传媒股份有限公司
印　　刷	北京建泰印刷有限公司
开　　本	880×1230毫米 1/32
字　　数	200千字
印　　张	8
版　　次	2017年5月第1版　2017年5月第1次印刷
标准书号	ISBN 978-7-5399-9524-3
定　　价	36.00元